雅歌译丛

格·伊万诺夫诗选

我把绝望变成了一场游戏

Отчаянье я превратил в игру

〔俄〕

格·伊万诺夫

Георгий Владимирович Иванов

著

汪剑钊

译

山东文艺出版社

图书在版编目（CIP）数据

我把绝望变成了一场游戏：格·伊万诺夫诗选／（俄罗斯）格·伊万诺夫著；汪剑钊译.
—济南：山东文艺出版社，2020.4
（雅歌译丛）
ISBN 978-7-5329-5786-6

Ⅰ.①我… Ⅱ.①格… ②汪… Ⅲ.①诗集—俄罗斯—现代 Ⅳ.①I512.25

中国版本图书馆 CIP 数据核字（2020）第 010513 号

我把绝望变成了一场游戏

格·伊万诺夫诗选

〔俄罗斯〕格·伊万诺夫 著　汪剑钊 译

主管单位	山东出版传媒股份有限公司
出版发行	山东文艺出版社
社　　址	山东省济南市英雄山路189号
邮　　编	250002
网　　址	www.sdwypress.com

读者服务	0531-82098776（总编室）
	0531-82098775（市场营销部）
电子邮箱	sdwy@sdpress.com.cn

印　　刷	山东德州新华印务有限责任公司
开　　本	850mm×1168mm　1/32
印　　张	11
字　　数	220千
版　　次	2020年4月第1版
印　　次	2020年4月第1次印刷
书　　号	ISBN 978-7-5329-5786-6
定　　价	69.00元

版权专有，侵权必究。如有图书质量问题，请与出版社联系调换。

俄罗斯侨民诗歌第一人（译序）

在 20 世纪世界诗歌史上，俄罗斯侨民诗歌是一个不可或缺的重要组成部分。而今，侨民诗人中的布罗茨基由于在 1987 年获得诺贝尔文学奖而广为中国读者所知，但与他几乎同样优秀的一些诗人，仍然因语言的隔阂或观念上的差异而被留在了汉语的门槛之外。本文即将介绍的这位诗人就是其中的翘楚。他上承俄罗斯白银时代的文化精神余脉，下开世界性的后现代主义文学之先河。他就是有"俄罗斯侨民诗歌第一人"之称的格奥尔基·弗拉基米罗维奇·伊万诺夫。有意思的是，给予他"第一人"称呼的不是别人，而是向来以苛刻待人著称，并且吝啬对他人高度评价的巴黎俄侨的教母——季·吉皮乌斯。

格·伊万诺夫出生在今属立陶宛的科文省杰利舍夫县，在一个名为斯图坚基的美丽庄园度过了幸福的童年。根据诗人自述，"母亲很温柔，父亲也不严厉。家里总能满足我的所求。"他的父亲是一名退伍军官；母亲是荷兰贵族的后裔，爱好音乐和美术，经常举办小型的家庭音乐会，还收藏了不少欧洲著名画家的作品。格·伊万诺夫自幼便得到了得天独厚的艺术熏陶，对古希腊罗马神话有近乎迷醉的喜爱，甚至将自家庄园池塘里的一个小沙洲命名为"齐特尔岛"，这个名字取自法国著名画家华托的一幅名画

《漂向齐特尔岛》,并且,诗人日后的第一部诗集就以此命名。格·伊万诺夫早年对神话和传说的兴趣似乎在他以后的回忆录写作中也留下了印记,致使他在对历史的叙述中掺杂了些许想象的成分,这虽然为那些文章平添了很多趣味和生动性,但也招致了不少当事人的非议和诟病。

　　作为军人的子弟,少年时代的格·伊万诺夫两度被送进武备学校,但他无意按照父母的愿望以建立军功来光大家族的荣誉,乃至半途退学,拾起了缪斯遗留下的一支鹅毛笔。写作之初,格·伊万诺夫倾心于当时有"诗歌王子"之称的伊·谢维里亚宁怪诞、华丽、矫情的写作风格,打破语法的束缚,试图敞开自己的胸怀去拥抱整个世界和未来,追求绝对的生命自由;并且担任过"自我未来主义经理部"的三位经理之一。后来,他结识了阿克梅派诗人库兹明和古米廖夫,对后者的艺术主张产生了更强烈的好感。阿克梅派诗人对客观世界持绝对信任的态度,希冀摒除所谓"美的幻影",让玫瑰的美"来源于自己的花瓣、芳香和花色,而不是来自旁人怀着神秘的爱慕或其他情感设想出来的类似物",亦即致力于在客观、理性的美学旗帜下追求语言的精确性和描述的真实性,通过自身的写作来脱去抒情对象的外衣,使它们被遮蔽的本质返回到原初的鲜活状态。在创作实践中,他们非常注意细节的呈现,注重作品的结构性和平衡感,希望以此来摆脱象征派诗歌中通常会出现的一些形而上学的重负。在接受这些创作原则后,格·伊万诺夫确定了以后的写作风格,表现出了自觉的节制和严谨,力图以朴素和简洁的语言来展示表现对象的具体性和客观性。其中,《我多么喜爱弗拉芒的壁画……》无疑是这种转向的一个标志：

　　我多么喜爱弗拉芒的壁画，
　　画中有蔬菜、鲜鱼和葡萄酒。
　　平整的盘子上有丰盛的野味——
　　渗出琥珀似的黄色光泽。

　　我喜欢一支古老的画笔描述的
　　战斗。一名举着铮亮军号的士兵，
　　火药的烟雾，一大堆死者，
　　来自各方的昂首陡起的战马！

　　但我最喜欢、最合我心意的是，
　　克劳德·洛兰笔底梦幻的黄昏，
　　沿岸生长的一丛丛杨树，
　　渔具的花饰和粉红的轻波。

　　1922年，格·伊万诺夫和夫人伊·奥多耶夫采娃以为国家大剧院考察和确定新剧目为借口离开了俄罗斯，途经里加、柏林等地，最后定居于法国巴黎。侨居异乡使诗人夫妇陷入了贫困的物质生活状态，但同时为诗人的精神探索开启了一扇新的大门。由于远离祖国，加之曾经辉煌一时的"白银时代"文化衰落了，诗人发现，以往所讴歌的田园诗生活已不复存在，偌大的世界仿佛并不曾留给个人得以栖身的位置。这进一步催生他在失去家园以后丧失整个世界的感觉。严峻的现实教会他去打破"艺术的谎言"，直面生活的真理，哪怕是充满"荒诞性"的真理。1938年，他以单行本的形式出版了一部篇幅不大的作品《原子的裂变》,集中地表达了他关于生活的存在主义式思考。

根据他的妻子伊·奥多耶夫采娃在回忆录《塞纳河畔》中的记载,"他在创作《原子分裂》(即《原子的裂变》)时,完全被题材所吸引,整夜写作,几乎对每个句子都精雕细刻。为不受电话和拜访我的熟人和朋友的干扰,他躲进旅馆……"① 这部小说在许多地方令人想起俄罗斯荒诞小说的鼻祖果戈理和法国象征主义诗人波德莱尔,前者以彼得堡为背景的小说《鼻子》《外套》和《狂人日记》在传统现实主义的道路之外另辟了一条蹊径,后者在著名的《恶之花》之外,还创作了一部渗透着对大都市批判和诅咒的散文诗集《巴黎的忧郁》。同样,《原子的裂变》也被有的评论家称为"黑色的、启示录式的"小书,具有很强的批判精神和荒诞意味。在小说中,作者借助音乐中的赋格创作方法,以散文诗和箴言的形式逐渐展开情节,在类似音乐的对位形式下不断复现死亡的主题,形成了波浪似的遁逃和追逐,并随时衍生出衰朽、畸变、缺陷等变奏性的副主题,用以反映主人公在生死临界点的迟疑、徘徊、恍惚和思考,其中杂糅了意识流、互文、戏仿、箴言等多种元素。

格·伊万诺夫自述是一位具有"双重视力"的诗人,而这部名为《原子的裂变》的小说也可以说是他关于存在之双重性的一次深入的思考。作者强调,"生命的法则与梦的法则紧密地缠绕在一起。"沿循这一思想,主人公走

---

① 〔俄〕伊·奥多耶夫采娃:《塞纳河畔》,蓝英年译,百花洲文艺出版社,2005年,第216页。

在大街上遇见一位身穿连衣裙的美丽的女性，他联想到的却是"她似乎赤裸地躺在地板上，颅骨被斧子给劈开了"。这种近乎残酷的想象堪与波德莱尔的《腐尸》相对比，在那首诗中，抒情主人公对自己的爱人讲述路旁的一具兽尸，"太阳照射着这具腐败的尸身，／好像要把它烧得熟烂"。那位象征主义的先驱在诗中如是描写：

> 苍蝇嗡嗡地聚在腐败的肚子上，
> 黑压压的一大群蛆虫
> 从肚子里钻出来，沿着臭皮囊，
> 像黏稠的脓一样流动。
>
> 这些像潮水般汹涌起伏的蛆子
> 哗啦哗啦地乱撞乱爬，
> 好像这个被微风吹得膨胀的身体
> 还在度着繁殖的生涯。

在细致地描述了"腐烂的兽尸"给人留下的可能引起生理恶心的印象后，波德莱尔将笔锋一转，直率地说道：

> 可是将来，你也要像这臭货一样，
> 像这令人恐怖的腐尸，
> 我的眼睛的明星，我的心性的太阳，
> 你，我的激情，我的天使！

（飞白　译）

这种表述无疑是惊世骇俗的，它一下子抹除了夜莺、玫瑰的和谐，道破生命华衣下可怖的真相。与死亡和腐朽毗邻的是人在尘世间的孤独和焦虑，通过小说人物之口，格·伊万诺夫发表了一个典型的存在主义式的看法：人本质上就是一种孤独的、痛苦的存在,"每个人都具有一种痛苦的、独特的、孤独的,根本不需要的,讨厌的复杂性。每个人都像内核中的原子,被封闭在孤独之不可穿透的盔甲中。地球的二十亿人口是二十亿个规则的例外,但规则同时存在着。所有人都令人厌恶,所有人都很不幸。所有人都不能改变什么,都不明白什么"。令人沮丧的是,传统的文学和艺术似乎并没有解决这个问题。"一片夜雾趴伏在格鲁吉亚的山岗上"是普希金写下的一句诗,它描述了一个美与和谐的世界。曾几何时,人们相信,艺术具有极其强大的力量,可以战胜世界上一切鄙俗之物。但现实并不是诗歌,在人们的日常生活中渗透着世界性的畸变,因此,犹如上帝给人类留下的一个隐喻和警示,平庸的丹特士杀死了天才普希金。

身处平庸的时代,格·伊万诺夫尖锐地告诉人们:"奇迹已不可能再被创造出来了","艺术的谎言已无法再嫁给真理"。也就是说,以往精致的诗歌抵御不了生活的散文,物的存在大于外在于世界的所谓意义。对艺术的失望甚至驱使他极端地将艺术比作一名遭遇流氓强暴而死去的少女,而死去的人已不会再怀孕、生育。为此,他渴望寻找一种新的创作可能性来描述这个残酷、荒谬的世界。他简化诗歌的技艺,拔除伪浪漫主义的虚夸,选择悖论性的修辞以重建新的精神世界。当代俄罗斯著名的文学史专家符·维·阿格诺索夫指出,格·伊万诺夫在小说中所显示的尖锐性和描写上的自然主义化的粗暴性,"让他的同时代人深感受辱"。"不过,《原子的分裂》同时指出了摆脱诗歌艺术困境的道路:需找到新方法来描述这一残酷而蒙昧的荒谬世界,应简化诗歌的表现手法,从诗歌中'铲除'20世纪通常理解的那种'诗味'。"① 在《原子的裂变》的后半部,果戈理的幽灵再度出现在彼得堡著名的奥布霍夫桥头,他穿着那件著名的"外套",嘟哝着"将军的女儿"与"九等文官"的等级差异,卑微地抗争着世界的不公和由此带来的屈辱。这不仅是向19世纪的俄罗斯作家投去敬意,也是在他们止步的地方开始新的探索。

关于俄罗斯侨民作家的命运,诗人、批评家弗·霍达谢维奇曾经说过:"俄罗斯作家的命运就是死亡。他们幻想在异国他乡躲避死亡,可死亡正在那里窥伺着他们。"同为流亡诗人,格·伊万诺夫将《原子的裂变》中所阐述的关于死亡和虚无的认识贯彻到诗歌的创作中。或许正是在这种意识的刺激下,诗人写下了《如今,我已腐烂……》一诗:

如今,我已腐烂,蛆虫们开始啃噬
我的骨骼,吃到精光就远远地走开,
无论想害我的人,还是想帮助我的人,
都不曾预料到我身上发生的事情。

可爱的朋友们,我不值得被蔑视,
迷人的敌人,你们无法给我帮助。
双重视力的天赋已经毁弃了我的生活,

---

① 〔俄〕符·维·阿格诺索夫:《20世纪俄罗斯文学》,凌建侯等译,中国人民大学出版社,2001年,第358页。

但甚至是蛆虫也忽略了这天才,呜呼!

20世纪20年代末30年代初,俄罗斯侨民文学的上空弥漫着一种特殊的情绪和氛围,那就是"巴黎情调"。据说,"巴黎情调"是由诗人波普拉夫斯基界定的:"它形容的是年轻诗人的一种形而上的心态,将'隆重的、光明的和绝望的'色调融为一体。"这一情调来源于对世界的悲剧性感受,它发现了人与现实之间的不可调和性。受此影响创作出来的诗歌在生命与死亡之间挣扎,其内容则是"人的宿命感与对生活的敏感两者的冲突"。① 19世纪的"恶魔诗人"莱蒙托夫被引为他们的精神先驱,而格·伊万诺夫也在自己的创作中多次向这位前辈表示过敬意。生活中的无力感和分裂感让诗人觉得幸福似乎是远离尘嚣的奢侈,那是幼稚的儿童才会相信的某种幻象,犹如水面溅起的水花或必将融化的流冰:

不存在幸福,可怜的朋友。

幸福从手中滑落,
像一粒石子掉进大海,
像一尾金鱼溅起水花,
像一块流冰漂向南方。

不存在幸福,我们也并非儿童。
这就需要有所选择——

---

① 〔俄〕符·维·阿格诺索夫:《20世纪俄罗斯文学》,凌建侯等译,中国人民大学出版社,2001年,第399页。

或者活着,像世间所有人一样,

或者去死。

需要指出的是,成熟期的格·伊万诺夫在创作中流露了对世界、对传统伦理、对伪理想主义的怀疑意识,其世界观和人生价值定位也出现了转型。于是,他开始在写作中挖掘生命的悲剧性本质,其作品充满了"蓝色的黑暗""冰冷的太阳""雪的尸衣""苦役的黎明""忧伤的竖琴"等意象,甚至连永恒也失去了固有的稳定性,可能会像玫瑰花瓣似的一片片凋落。

不过,格·伊万诺夫骨子里渗透着西绪福斯的精神,尽管绝望和虚无的巨石不断滚落,但他从不退缩,依然顽强地向上推进。人是生而自由的,这种自由就是创造,就是自我的选择,个体或许改变不了死亡这一事实,但可以表明自己对死亡的态度。因此,格·伊万诺夫关注人类的灵魂,他喜欢仰望天空,哪怕是"没有星光的天空";在黑色的世纪之上骄傲地飞翔,追求象征着世界性存在的希望;在没有什么可以歌唱的时候,依然挺起了胸膛歌唱。于是,他敢于描写生活的无力感,嘲笑死亡的虚张声势,探究世界的神秘,甚至把绝望当成一种荒诞的游戏:

我把绝望变成了一场游戏,

其实,为什么要叹息和哭泣?

哦,别觉得滑稽与可笑,

说什么我活不过下一个星期?

这里,需要探究的是:什么样的心态让他自信地将"绝望"变成"游戏"?他又是怎样将"绝望"变成"游戏"的呢?显然,这是一种借助语言,借助音乐,借助人性的内驱动而展开的游戏。当然,诗人所说的"游戏"不是玩纸牌、搭积木和填方格,更不是肆意放纵自己寻欢作乐,在无聊和挥霍时间中耗损掉一次性的生命;而是一种借助了词与词的游戏规则而展开的诗歌创造,其内部的指向直抵人的灵魂,让人性得到最大程度的释放,以充分享受审美的自由。

由此,我们可以发现,格·伊万诺夫的写作绝非一味地渲染死亡、孤独、痛苦、虚无等负面的存在,对生命做否定性的判决;实际上,他的内心深处恰恰对美、爱、友谊等绝对价值持有坚定的信仰,相信或许一切都将过去,但真理会留下,它和诗歌同在,这就是世界终极的善。对世界的特殊体验令他获得了特殊的"双重性视力",最终成就了一种个性突出的诗歌艺术;激发他透过尘世间的一些负面价值发掘新的生命激情,促使他继续追求崇高、光明和理想主义。作为诗人,他以精美的艺术形式昭示了生存的复杂性和丰富性,被侨民文学评论家古尔认为"是一名比法国人超前多年的俄罗斯存在主义诗人"。和许多存在主义者一样,格·伊万诺夫最终发现,世界的本质或许是"虚无",充满了不可思议的偶然性,存在似乎也不过是它的表象。尽管死亡是可怕的,但自我毁灭的行为也不会让生活变得不同寻常。如此,面对不可避免的结局,人就需要鼓起勇气来生活,把苦难与幸福铸合到一起,哪怕和着血吞下被命运打落的牙齿,也要不失尊严地活着,直到生命的最后一刻。

目 录

001　从奥龙涅茨的白石中……
003　小水洼结起了一层薄冰……
004　秋天的惊惶那么明朗……
005　月亮和蔦萎的浆果之色……
006　又一次与你并躺在一起……
007　别了，别了，亲爱的……
009　一丝芬芳四溢的凉意……
010　蝙蝠在空中划了一道不规则的弧线……
011　黑色的樱桃……
012　迷惘的烦恼已经消失……
013　在炎热的正午……
015　寒冷的夕光消失在北方海洋的上空……
016　夜风像一波益身的浪涛……
018　透过嫩绿的枝杈……
020　意大利！你小爱神的名字……
021　仍然灼热的嘴唇之轻触……
022　我记起苏格兰湿漉漉的……
023　我做了一个梦……
025　雪已开始变黄并逐渐消融……
026　我不为任何人所爱……

027　某位充满了幻想的女士……

028　开　篇

029　寒意即将来临……

030　花坛的郁金香弯下身子……

031　天穹分裂成了两个区域……

032　解　冻

033　月亮落进了夜之深渊……

034　月亮伫立在白色教堂的上空……

035　夜多明媚……

037　他是一名修士……

038　假面舞会很久以前就已结束……

039　唉，天穹比玛瑙更加明亮……

040　就是这封信……

041　秋天的盛宴已经到了尾声……

043　窗　旁

045　月亮升起……

046　早　春

047　临近复活节的时候……

049　秋天又一次将枯干的树叶……

050　雪再一次在田野发蓝……

052　我们清除了积雪……

054　纯朴的小白桦树……

055　酒醉的手艺人……

056	今天,我的孤独令人不安……
058	抛在肩后的旧日时光愈多……
060	绿色的背景……
062	她凝固在慵懒的造型中……
064	当月亮将变幻的光线……
066	乡村景象反映在宽大的窗子上……
068	断　章
070	夏园的幻觉……
072	又一次来到冬宫的广场……
074	首都沉睡……
076	巴甫洛夫斯克
078	快乐的风驱赶冰块……
079	遥远的马蹄声嘚嘚响起……
081	涅瓦河畔,两条中国龙……
082	老虎的皮毛暖护我的身体……
084	罗曼司
086	诗人对杰米拉说过"我爱你"……
087	加宰尔
090	清凉……
092	在池塘的上空……
094	我们在冬天苦恼……
095	被雷电撕扯过的——粗壮的橡树……
096	我多么喜爱弗拉芒的壁画……

097	哦，在海滨为艺术的海洋而庆祝……	
098	微微泛黄的版画……	
099	椴树茂密……	
101	多么美好，多么忧愁……	
102	笨重的天鹅尖叫着爬行……	
103	在爷爷古旧的烟荷包上……	
104	生命的一切都可亲、普通……	
105	这是小树林和僻静的空地……	
106	苏格兰，你雾蒙蒙的海岸……	
107	生命的一切都构成了圆环……	
109	渔夫们已经从渔场返回……	
110	仿佛远古欢呼雀跃的荣誉……	
111	金色的夕阳……	
113	我并不需要任何天堂……	
114	解冻……	
116	受尽有毒夜晚的折磨……	
117	歌	
118	愈来愈死寂，愈来愈灰黄……	
119	我的道路空旷而漫长……	
120	半梦半醒	
121	黯淡的金光，冰凉的蔚蓝……	
122	彼得在荷兰	
123	高脚水果盘	

124	街头少年
125	红边信封里的一封书简……
126	女演员
127	稠李花飞向平静的池塘……
128	斑鸠在歌唱，但我没有倾听……
129	悲哀如同竖琴一般在叹息……
130	我不祈求爱情……
131	轻盈的月亮在被遗忘墓地的十字架上闪烁……
132	青草的窸窣为何要如此折磨我……
133	沉重的橡树……
134	我已厌倦了追求日新月异的土地……
135	牧羊人的号角奏出的歌声……
136	一名出色的女猎人狄安娜……
137	血液沿着疲惫的脉管奔跑……
139	金色的自由终于萦绕在我的周围……
140	绿色血液……
141	秋天的太阳逐渐变冷……
142	从云彩中，从玫瑰红的飞沫中……
144	恰似一名东方诗人的虚构……
145	和谐之子……
146	一朵云翻卷成球状……
147	我想起了你，我的坟墓……
148	树木，船帆和云朵……

149	看哪，淡蓝色的天空布满了星星……	
150	而今我知道———切是想象……	
151	我倾听音乐……	
152	玻璃瞬间的振响……	
154	贫穷的盲人和残疾人……	
155	我的爱情……	
157	云朵在西方逐渐变黄……	
158	在夕光与玫瑰上空……	
159	观望着火焰或者瞌睡……	
160	蓝色的黄昏……	
161	灵魂僵硬……	
162	没有背叛……	
163	血液徒然在流淌……	
164	面对即将死亡的人们……	
165	我聆听……	
166	脉管被切开……	
167	这不过是蓝色的焚香……	
168	你只是把眼睛合上片刻……	
169	很好，没有了沙皇……	
170	1913 年……	
171	徘徊在尘世间多么寒冷……	
173	我们漫不经心地徘徊在街道上……	
174	为什么我们仰望美丽的空中天堂……	

175	激情？倘若连激情都不存在……
177	多么愁闷……
178	多么忧伤，朋友……
179	我无法入睡……
180	在大地的上空……
181	尘世间开放的所有玫瑰……
182	这是月亮在天空中飘浮……
184	俄罗斯是幸福……
186	一个词接一个词……
187	我已不再需要音乐……
188	星星闪着蓝光……
189	既不用神祇闪光的名字……
191	唯有星辰……
192	闪光……
193	幸福，大雪已将你覆盖……
194	哦，我的灵魂……
195	唯有深色的玫瑰在摇摆……
196	一个人的灵魂……
198	镜子们相互映照着对方……
200	请告诉我，去年的雪在哪里……
201	死者正在复活……
202	他入睡了……
203	日子转化成自己的映象……

204	而人们……
205	创造了一半的形象……
206	作为对我罪愆的奖赏……
207	寒冷……
208	安谧的黄昏……
209	每一个夜晚……
211	有个意念古怪而不贞……
212	甚至丧失了对过去的信念……
213	没有什么要退还……
214	在融雪与坚冰的临界点……
215	梦游者盯视着空寂……
216	夏日的黄昏透明而笨重……
217	这轻率冒失的幸福是否值得……
218	风再静一些……
219	夜猫子在屋里独自徘徊……
220	倘若活着……
221	与非人性的命运……
222	东方的诗人们歌唱……
223	艺术谎称的东西……
224	最终，任何一种命运……
225	蟾蜍在寂静里一声长叹……
226	这样的布告更经常地出现……
227	吹起满街的刨屑……

228	你若有所思……
229	重又是大海……
230	我喜欢的，是我不曾拥有的东西……
231	春天即将隆重地结束……
232	如今，我已腐烂……
233	桂竹香……
234	经历了这生命的荒谬与温柔……
235	旋律变成一朵小花……
236	花楸果和马林果的中间色调……
237	太阳沉落……
238	就这样，做着琐碎的小事……
239	俄罗斯甚至没有珍贵的墓地……
240	我再度找到了诱惑……
241	一半的怜悯……
242	我行走……
243	尘世的一切并不是灾难……
244	意识如同海洋……
245	花园在白雪的闪光里伫立……
246	一切是雾……
247	星星在苍白的天空中闪烁……
248	摆脱了绳套的白马在徘徊……
249	盛开的苹果花稀疏的暗影……
250	逐渐黯淡的黄昏时分……

251　在冰雪与消融的界限上……

252　诗歌：一种人工的姿态……

253　在光亮与丝绸中人几乎隐匿不见……

254　而今，你不会再被消灭……

255　呼救了……

256　发式与衣装不断地变化……

257　波浪发出喧响……

258　我喜欢没有希望的安谧……

259　哦不，我不转向世界……

260　倘若我能够忘掉……

261　我不再感到恐惧……

262　那曾经有过的……

263　我活得越长久……

264　世间的一切都是机会……

265　这片森林甚至还有玫瑰在开放……

266　树叶飘落……

267　莫非这种事发生得还少吗……

268　我在幸福的雾霭中想象一切……

269　唯有幻梦不会骗人……

270　必需的不久前尚存的一切……

271　我们不再年轻……

272　全身是光……

273　他人的灵魂——犹如黎明时的晨雾……

274　请你和我说一会儿废话……

275	冬天按照自己的序列行走……
277	烦闷啊,烦闷到昏昏沉沉……
278	雾。我面前有条道路……
280	由于波斯地毯抽象的复杂性……
281	我不想变得更好……
283	向右一步……
284	金丝雀在未上漆的笼子里……
285	月亮像一只泛着酒沫的高脚杯……
286	湖
287	寒冷与太阳……
289	旋　律
291	我们呼吸着雪花与初寒的气息……
292	我们用巨大的石头建造了城市……
293	我们生活在圆形的或扁平的……
294	玫　瑰
295	对　话
297	那样的夜晚令我忧伤……
298	仿佛命中注定的、迷失的灵魂……
299	我们不过是陌生宴席上的客人……
300	我们还在谈论荣誉……
301	倘若要幻想一切……
302	人们将忘掉绝望与温柔……
303	夜在闪烁……
304	我不想成为蜡制的玩偶……

305	大地的花朵在老旧的坟墓上开放……
306	世界将消失……
307	她在飞翔……
308	你看见桥梁了吗……
309	集邮的人……
310	你伸出一只手……
311	我从来都不知道爱情……
312	历史,时间,空间……
313	我与任何人都非敌也非友……
314	尘世一切非常复杂……
315	透明的亏缺的月亮……
316	亚历山大·谢尔盖耶维奇……
317	往后我再也不需要……
318	夜,灼热如同撒哈拉沙漠……
319	邻家窗户上雾蒙蒙的斑点……
320	大海挟带着我……
321	为何夜莺如此痴情地啼啭……
322	所有玫瑰已凋落……
323	一切成过去……
324	夜莺在夹竹桃的树枝间啼啭……
325	我把绝望变成了一场游戏……
326	永恒幸福之春天的欢呼雀跃……
327	梦中我寻思各种事物……
328	请再和我说一点什么吧……

从奥龙涅茨的白石①中……

热爱劳动的手艺人之手
从奥龙涅茨的白石中
向我们展示简朴的典范,
那崇高而明朗的艺术。

我惊惶不安地看着它们,
如同那个未来的数学家
看着几何学的教科书,
他在童年或许并不识数。

我厌倦了画家们的创作,
音乐在我也是巨大的喧嚣,
当我听到朋友们的诗句,
睡梦控制了我的眼睑。

灵魂一天比一天更忧虑
巴兰那个绿色的小岛,

---

① 奥龙涅茨是俄罗斯一城市名,那里出产一种可供装饰和雕塑用的石头。

奥龙涅茨石头砌成的教堂,
忧虑海风、松林与波涛。

小水洼结起了一层薄冰……

小水洼结起了一层薄冰,
天空一片纯洁,犹如冰层。
簇叶也已衰弱不堪,
既不能闪动,也不能旋转。
心灵既无烦恼,也无快乐
但它的深处并没有宁静:
怎么可能忘掉春天的甜蜜,
忘掉已逝岁月的光芒?

秋天的惊惶那么明朗……

秋天的惊惶那么明朗,
鲜红的晚霞,树叶的窸窣,
多么甜蜜和简单:信仰上帝,
相信平静的劳作和自己的屋顶。

黄昏来临,挥舞着衣裙,
骑着天鹅疾驰而来并消隐,
朦胧的夜晚,湿漉漉的簌叶,
心获悉自己秘密的时辰。

但心并非徒然地发冷:
须知,在诸神美妙的紫帷背后,
有一种力量。它控制着一切——
这来自忘川河畔的冷风。

月亮和蔫萎的浆果之色……

月亮和蔫萎的浆果之色，
你的颜色，夕阳和你的衰朽，
风儿惊扰空旷的峡谷，
即将冰封的小溪泛起涟漪。

偶尔，唯有绿色的车轭
断续地发出一阵阵铃铛声，
偶尔，在遥远的树干背后，
传来犬吠和狩猎的号角。

又趋于寂静……冰凉的晚霞
也缄默不言，忧伤而冷酷，
而在空气中，到处弥漫
十月弥留之际的气息。

又一次与你并躺在一起……

又一次与你并躺在一起,
我呼吸来自你身体温柔的
体味,散发着海洋的
气息和杏仁奶的味道。

又一次与你并躺在一起,
感到一种轻微的眩晕,
我望着你的眸子,
它们比海水更加澄碧。

我吻你湿润的嘴唇,
吻你温软的肌肤,
我的眼睛失明,迷失
在你茂密的金发中。

仿佛我安静地躺着,
享受褐色阳光的爱抚,
在沙滩上,风儿
吹来苦涩的杏仁味。

别了,别了,亲爱的……

别了,别了,亲爱的!黑黢黢的远山。
树木平静地发出喧声,牛羊从牧场归来。
最后一次,我看着你透明的眼神,
亲吻湿润的嘴唇,这嘴唇曾说过"永远"。

我即将与你分别,尽管更深地爱着你,
甚至超过在这些白石旁的初次相遇。
那个黄昏也是这样,磨坊在喧响,
霞光尚存的细枝网在它的上空摇晃。

但我们的爱情将看到别的森林和山峦,
那些欲望之词仍将在陌生的语言中响起。
我反复念叨一个绝望的名字列诺拉[①],
而你,绞搓双手,忧伤地呼唤着罗密欧。

我们很快将走过霞光逐渐黯淡的道路,

[①] 列诺拉,德国诗人高特弗雷德·比尔格尔(1747—1794)创作的同名叙事谣曲中的女主人公。19 世纪俄罗斯诗人茹科夫斯基曾将其改编成叙事诗《柳德米拉》。

那是我们曾甜蜜依偎着走过的道路。
我将再一次拥抱你,对你爱得更深情,
树叶窸窣水潺潺,在大地温暖的胸脯。

一丝芬芳四溢的凉意……

一丝芬芳四溢的凉意,
托斯卡纳蔚蓝的薄暮……
我记得一串串葡萄
盛放在古老的雕纹果盘。

一双乡村少女的纤手,
曾经编织香桃木的花冠,
爱的词语,离别的曲调,
还有船桨均匀的拍溅。

海面的云雾向前飘移,
玫瑰红的月亮升起,
波浪——亲吻着海岸,
而海岸——给波浪回吻。

蝙蝠在空中划了一道不规则的弧线……

蝙蝠在空中划了一道不规则的弧线,
松树的枝条在幽暗的河面来回摇摆,
被一只儿童的手扔弃的银色小石头
掠过稀薄的空气,落向芦苇丛。

我知道,我知道,大海正在萎缩,
沙粒吞噬绿洲,河川逐渐干涸,
但生命说不准就在沙漠的心脏开放,
而玫瑰也在冻结的泉水上空呼吸。

但如果全世界都再难寻觅更蓝的眼睛,
诸如深色的金子、发辫和嘴唇,诸如蜂蜜,
但如果爱是如此甜蜜,无情的风
也将我们从秋天的树叶上扯走,

那么,伴随大海的轰鸣和草的簌簌声,
其他恋爱中的人们将怀着秘密的忧伤
倾听我们的爱情,它消逝在那一瞬间,
一只儿童的手扔弃银色的小石头。

黑色的樱桃……

黑色的樱桃,绿色的李子,
黄色的梨挂满了果园……
将是一个明朗、幸福的秋天,
你憧憬着在星光下散步。

一切如故:可爱的书籍,
低矮里屋窗台上的鲜花,
不算沉重的寂寞之枷,
还有关于我的冷淡的记忆。

迷惘的烦恼已经消失……

迷惘的烦恼已经消失,
一切清晰——心头有刺——
我的爱,我的痛苦,
我的精疲力竭。

我已无力去忘掉一切,
没有力量将目光挪开
纤弱的手指,可亲的眼神,
对我低语"永别了"的嘴唇。

您要明白,我伤心欲狂,
中毒甚深,一蹶不振,
成为丧失自由的囚徒,
唯有您的名字仍像一颗星。

但对我而言,这种痛楚
远比美丽天堂更让我亲近。
当人们对我说:"请选择吧!"
我必会放弃自由和疗治,
去亲吻您衣裙的襟边。

在炎热的正午……

在炎热的正午,我厌倦了
沉睡的大自然滞缓的气息,
风中夹杂的灼人暑气,
来自大海的冷漠的激浪。

靠近白垩石质的海岸,
渔夫撒开一张大网,
一只砖红色强劲的手掌
擦拭劳动的汗水。

但对目光而言(它悠闲地
注视绿巨浪那青铜色的退潮),
南方的自然是丑陋不堪的,
仿佛入梦鱼群的迷糊。

拍岸浪白色的轮廓,
低矮的灌木丛的圆球,
在雾气袅袅的水桶内,
鱼尾最后一次虚乏的拍溅!……

夜呵！你那不眠的大肚子
是否很快将吞噬掉世界？
但正午被延长，仇恨在滋长，
无垠的太空令人目眩。

寒冷的夕光消失在北方海洋的上空……

寒冷的夕光消失在北方海洋的上空,
尽管远方的缆绳还在迸发着红光。
拍岸浪和翠鸟①的鸣叫还在回响,
仿佛秋天冰凉而恐怖的狂风。

从一个神奇的高度,我透过窗户
欣赏着大海。在华丽的凋萎中,
在巨浪的谐音中,你快乐地歌唱,
哦,疯子透纳②令人不安的作品。

雷雨欲来,弥漫着窒闷的气息……
月亮的荣光透射出来,照亮了
渔夫的形象、白帆和船桨,
绷紧的桅杆蓄满了自然力的狂暴!

---

① 根据古罗马诗人奥维德的《变形记》描述,风的主宰者埃俄罗斯有个女儿阿尔库俄涅,她与国王刻宇克斯婚后十分相爱,但因触怒了主神宙斯,刻宇克斯出海遇难。阿尔库俄涅悲痛欲绝,向神后赫拉祈祷,最终减轻惩罚,夫妇变成了一对翠鸟。
② 透纳(1775—1851),英国著名画家。

夜风像一波益身的浪涛……

夜风像一波益身的浪涛,
再度浮现在神奇的世界,
而一颗孤独的星星,
倾听埃俄罗斯的絮语,
看着一群雾的天鹅
如何俯身向下方飞去。

但湿漉漉的风儿不能惊扰
粗壮的椴树紧要的深梦,
它那怀有好感的薄暝遮蔽了
交织的双手怡然的自得,
心的搏动,恋人们的激情,
秘密的叹息,温柔的爱意。

唯有大海均匀的呼吸
透过轻盈的芬芳,
带来梦幻之水的甘冽,
海鸥发出鸣叫,随即沉默,
步行者的烟斗突然点着,

逐渐在远方熄灭。

但这份安逸令我伤感!
正如一名旅客,寻找住宿,
却无法在途中如愿,
背负一个沉重的包裹。
哦,缪斯!我被判定了漂泊,
负载着爱情和忧郁。

透过嫩绿的枝杈……

透过嫩绿的枝杈,
绿色的光照射
被随意放置的球拍
和那些不安的小球。

哦,亲爱的网球,轻盈的舞者,
你的娱乐并不粗俗——
眸光闪烁,脸颊嫣红,
轻巧的小球之争。

游戏者狂热而勇猛地玩耍,
每一下挥拍都非常自信,
帆布制作的矮勒球鞋
在黄色砾石中闪着白光。

但所有的击打都被准确地
阻拦,暑热更为逼人,
而远处的亭子
充满了清凉的寂静。

唉,球鞋涂满了白粉,
难道脑子里装满了球鞋?
或许,穿白球鞋的小男孩
忘掉了它会弄脏绿制服。

爱的言辞专注地絮叨,
他的手紧握她的手,
而在姑娘可爱的脸颊上,
温柔地显出一抹阳光。

意大利！你小爱神的名字……

意大利！你小爱神的名字被人们
用温柔的箭矢书写在永恒的大理石上，
心向你飞去，缪斯因你生存，
你幸福的领地赋予伟人灵感。

呜呼，我不曾观察圣马可的狮子，
佛罗伦萨的宫殿和地中海的波浪，
充满音乐的森林，阿里奥斯托曾经迷失，
彼特拉克曾经在此为尘世之爱而叹息。

但是，我像一名向往失乐园的被逐者，
以灵魂向往着你。幻想者的月亮飘浮
在头顶。被遗忘的我，不断重复
康佐涅甜美的曲调和金灿灿的名字。

我倾听竖琴的拨响和恋人的歌声，
我看见水边那些破败的遗址，
而在漆黑的天空，泼溅着星星，
走过一大群伟人的幽灵。

仍然灼热的嘴唇之轻触……

仍然灼热的嘴唇之轻触
被我感觉到,而在记忆中
仍然呈现着模糊的幻象,
笑容,围巾,溜斜的肩膀。

但是,温柔之风,忧伤地
吹送,令人平静地飘拂,
念叨,我见到了普绪克的幻影,
她曾在梦中吻过我。

我记起苏格兰湿漉漉的……

我记起苏格兰湿漉漉的
谷地,绿色的山岗,
月亮和回忆中的一切,
听到温柔的名字阿琳娜。

秋的公园。宽大的纱巾
在幽暗中发出簌簌的响声,
古代少女的面庞闪现,
迷人,叫人魂不守舍。

一顶宽大的草帽,
两朵玫瑰,华丽的披肩,
赫克托耳挺直的脚掌。

哦,庚斯博罗轻巧的作品,
月亮和蔫萎的浆果之色,
充满幻想的阿琳娜之亲吻!

我做了一个梦……

我做了一个梦:仿佛我站立
在清凉的金色的天堂,

这个天堂与西边的夕阳
与塔夫利奇花园十分相像。

只是有更多的鲜花和湖水,
在茂密的树枝间悬挂

一串串金色的果子,
周围一片安谧和肃穆。

我醒来,顷刻想到了
把我们分隔的海洋。

还有那封信,已走了一年,
或许它根本无法抵达你。

为何在灵魂深处,为什么

有寂静、惬意和肃穆?

仿佛在这个阳光灿烂的
叶状的梦中,你飞到我身边,

仿佛你飞来,告诉我,
已不需要等得太久。

雪已开始变黄并逐渐消融……

雪已开始变黄并逐渐消融,
冰块也开始从台阶上剥落。
这一切令我感到,我必将
在此彻底消磨掉厚道的一生。

在这个古老的地主宅子,
木地板在脚下嘎吱响,
所有的物件已经凝固
在同样的滞缓岁月的倦意中。

亲切的影子在心头浮现,
我回想起过往的岁月——
有时,靠在伏尔泰式椅子上,
叹惋往事是多么惬意,

安谧的黄昏,望着窗外,
真切地看到轻盈的梦,
无须为意识而窘迫,正是
依靠短暂的忧伤——我才活着。

我不为任何人所爱……

我不为任何人所爱！虚空的秋天！
赤裸的树枝在柠檬味的雾气中。
在神龛后面，穗状的帷幔
沉甸甸，布满了灰尘。

我痛恨秋天感觉潮湿的
暧昧，驱赶着如梦的呓语。
我用刷子清理着指甲，
倾听那古老的复调。

在波澜不惊的湖畔，
关于人们无法实现的幸福，
低沉的音乐温柔地撒谎，
湖面滑过一群呆板的天鹅。

某位充满了幻想的女士……

某位充满了幻想的女士,
而今望着宽大的窗户。
她的鬓发比纯铜更橙黄,
脸颊泛起一抹红晕。

她轻摇一把印度扇子,
皮衣纯白——安哥拉山羊。
她那虚情假意的大眼睛
若有所思地憧憬着北方。

窗台上——夕阳抖落着灰烬,
落在杨树、灌木和苔藓上……
而我站在大门口,在门帘后,
嗅到了老牌的香水味……

开 篇

一面古老的威尼斯镜子,
周边缀饰着细瓷的玫瑰……
含着无邪笑容的小男孩
张开了锃亮的翅膀,究竟

为什么?要辨别可爱
而淘气的丘比特并不困难——
就是他,伤害了谨慎的青年,
不论他如何哭泣,如何哀求。

为箭所伤的青年躺在那里,
姑娘却在对面——微笑。
两人双双被爱情迷惑……
他们头顶的玫瑰已被折断。

寒意即将来临……

寒意即将来临,
树叶也行将凋落——
水也会变成冰。
那么,你呢,我的爱?

哦,洁白、洁白的雪
覆盖了小溪的水面,
世界失去了怡乐……
那么,你呢,我的爱?

但冰雪会再度
告别亲爱的春天。
光与热也将返回,
那么,你呢,我的爱?

花坛的郁金香弯下身子……

花坛的郁金香弯下身子,
空气浸润着蒙蒙的雾气。
我仿佛觉得,他还在沉睡,
迷醉于春天的慵懒。

月亮在花园上空冉冉升起,
比贵榴石血色更为浓红,
它将罂粟红的光亮
抛洒在黯淡的沙砾上。

惧怕那睡莲——月亮沉没。
我小心翼翼地走在河畔,
无法一杯饮尽倦怠,
但更多的幻想——已不可能……

天穹分裂成了两个区域……

天穹分裂成了两个区域:
月亮这银镰在一个区域闪烁,
而在另一个区域,夕阳的篝火
燃烧,仿佛一丛红色的灌木。

月轮流淌一道道光水,
携带作为战利品的星星。
远方还蒙着火焰,
但亚麻已是银光闪烁。

而在白色的祈祷室上空,
夜之忧伤在飘浮,那么安静,
流淌着已逝牧羊人
那动人的牧笛声。

含糊不清的喧嚣迅疾停息,
田野进入寂静沉睡……
红色的月轮也即将沉没,
不敌星星布下的罗网。

解　冻

冰雪覆盖着瓮状的喷泉，
冻结的泉水不再哭泣。
蓄水池旁，忧伤的宁芙①弯下腰肢，
没有力量与冬之寒冷抗争。

悲伤而明亮的太阳浮现，
羞怯地照晒着白色的大地。
宁芙记起了绿色的树叶，
穿着夕光紫袍的夏之太阳，

在可爱的透明性中的水珠，
月之安恬和恋人的叹息……
泪水随即溢出了她的眼眶，
悄悄地滴落在她的脚底。

---

① 宁芙，希腊神话中的自然女神。

月亮落进了夜之深渊……

月亮落进了夜之深渊,
瞌睡的风插上翅膀,
遂变得更加不安而快捷——
还有肉眼不见的——涨潮。

黑暗之黑色的泥沼
已将我重重包围。
再一次,心莫名所以地
陷入冰冷的伤悲。

我期待——芬芳将弥漫,
我相信——琥珀突然扑闪……
而在葱绿的薄雾中,
晚霞黯淡的光环被点燃。

月亮伫立在白色教堂的上空……

月亮伫立在白色教堂的上空,
古老的花园对我轻声耳语:"睡吧……"
在上帝的神座前,傍晚的星星
点燃了安静的火焰。

镶有花饰的雾霭在浮动,
一切都蒙上一层白色轻纱。
我穿越温柔的暮色,陶醉于
大地轻纤的呼吸。

一种奇怪的倦意控制了我,
噬咬着我,像过往的时光。
花园那熟悉而忧伤的窸窣声
纠缠不休地低语:"睡吧……"

夜多明媚……

夜多明媚,群星璀璨的天空。
我纯然一人在空旷的大厅,
大厅内弥漫着枯萎的杜鹃花
发散的芬芳与腐味。

我被一种莫名的忧愁笼罩,
为已经不可能存在的一切而伤感。
幽暗的大厅——哦,它多么灰暗和寂寥!——
对我轻声耳语道:"我的好梦已破灭。"

多少秘密和温柔的故事被铭记,
却不能向任何人述说,
一长排空空荡荡的房间,
古老的走廊挂满了各种肖像。

多么希望我能懂得它们的交谈!
可是,唉!我的想法那么无力。
在褪色和蒙尘的门帘上,
月亮的光斑切割着我的视线。

关于往事的温柔的叙事诗
比象形文字的秘密更为沉默。
一切都冷漠、昏暗和沉寂。
哦,幻想——西绪福斯无谓的劳作!

他是一名修士……

他是一名修士,上帝之子。规范的字母
联结起一切思想、一切情感、一切的故事。
他的灵魂长满野草,秋天的野草,
枯萎的杜鹃花悲伤的脸庞。

他很少去怀念那些漂走的日子。
尽管他已不再惋惜,却疲倦地想象,
莎乐美怎样在爱情之舞中死去,
她不曾透过金子看到天使的翅膀。

月亮逐渐在浅蓝色的珐琅中凝固,
垂死的灵魂之弦逐渐沉默……
而规范的字母联结起一切情感——
他凋谢了,上帝之子;他枯萎了,那么年轻。

假面舞会很久以前就已结束……

假面舞会很久以前就已结束,
但面具还在黑色的大厅里徘徊,
只是它们的衣衫变得更加单薄:
恰似烟雾制成,恰似出自尘埃。

黎明时分,天空在周围环行,
它们就散去了,它们就溶解了。
秋天的太阳,升起,照亮
正在安乐椅上沉睡的苍白的少女。

唉,天穹比玛瑙更加明亮……

唉,天穹比玛瑙更加明亮,
它透明、寒冷而空旷。
田野上的越橘一片血红,
仿佛死者嘴唇的猩红。

溪水潺潺,如同小曲的音调,
天鹅的影子滑过水面,
而秋天沉默的亲吻
愈加频繁,愈加热烈。

就是这封信……

就是这封信。只要我把它拆开,
我就可以读到冰凉的句子。
那些冷若冰霜的、疏远的句子,
仿佛深秋季节的——塑像……

我揭开信封……机械地
逐字阅读一张蓝色的信笺。
在湖的上空,紫水晶的晚霞
逐渐忧伤地凋谢。

难以忍受的平静的悲痛
轻轻摇动灵魂。
我的隐居室再也听不到
那一个可亲的声音。

秋天的盛宴已经到了尾声……

秋天的盛宴已经到了尾声：
鲜艳的色彩变得黯淡。
太阳更频繁地躲进雾的
帷幕，偶尔放射一下光线。

我被残忍的忧郁所伤害，
心沉浸在悲哀的深处。
意中人不再与我同处。
唉！我不再可能等到快乐的晤面。

不羁的拍岸浪在脚下
濯洗灰色的石头。
我谦卑而徒然地协调
竖琴的声音与凶猛的自然力。

无法驯服歌唱着的旋涡，
与风儿争执——毫无裨益。
无果的激情之勃发
永远不会在我心中平息。

秋天的盛宴已经到了尾声,
心沉浸在悲哀的深处。
请扯断那纤弱的琴弦吧!
无力的竖琴,就砸到石头上吧……

窗 旁

月亮的光歪斜地掉落
在窗帘的绿色天鹅绒上。
在预言的地图上
我注定的命阉缄默而清晰:

每个黄昏,我在窗旁
等待幻梦,如同等待奇迹。
每个白昼,我都将你
呼唤,夜之静谧。

月光下,插翼的飞马
那威严的幻影
驮载着公主和我,
在寒冷的尘埃中疾奔。

但太阳与霞光自高空一起
亮堂而愤怒地抛掷火焰,
公主逐渐融化了,
白色的马疾驰而过。

于是,我重新来到窗旁,
思念月光朗照的天空,
诅咒永无休止的梦
那令人痛苦的命阉。

月亮升起……

月亮升起,恰似魏尔伦的月亮:
古老的她穿着一件节制的外套,
抛洒蓝色的光华,落入海洋。

"为什么会因为你而彻底背叛……"
歌手悲伤地吟唱,忍受着浮华的痛苦,
而入梦的海沫却在悬崖旁窸窣作响。

早 春

冬天愈加频繁地脱靶,节节败退,
坚冰与积雪不为人知地在融化。
这不,花园快乐地披上了
稠李花编织的芬芳的外衣。

绿叶丛中,大理石的丘比特
忧伤地想起自己是石质的身躯。
姑娘将半开的玫瑰花蕊
着急地别在连衣裙上。

唉,早春,我觉得你多么可爱。
对眼睛而言,这是怎样意外的快乐:
清晨从梦中醒来,我马上
就可以看见注满快乐阳光的鲜花。

临近复活节的时候……

临近复活节的时候,
一个男孩诞生在世上,
像其他所有的孩子,
脸颊红润,纯洁无瑕。

他的父母双亲嘛,
既不穷困,也不富有
他上学,向上帝祷告,
他玩雪球,扮演士兵。

当他长成一个棒小伙,
英俊、红润,剽悍,
他成了掏兜的小偷,
好逸恶劳的赌棍,无赖。

他喜欢伏特加和女人,
再也不向上帝祷告,
游手好闲地活着,如同
一棵树或者一只鸟。

一双魔靴,头上抹了
发蜡,手指异常灵活……
分赃的时候发生了冲突,
被小偷们群殴致死。

他的遗体被送进了
加林金斯基医院,
而灵魂呢,插上了银翼,
飞向了天堂。

秋天又一次将枯干的树叶……

秋天又一次将枯干的树叶
抛向冻结的土地。
我又一次被赋予修士的灵魂,
聆听秋天的声音。

灵魂又一次被金色谎言所捆绑,
痛苦有了欢乐的表象。
灵魂又一次期待号角的声音,
跋涉在泥泞不堪的路上。

神性的太阳又一次拨开迷雾,
浮向欺瞒的天堂。
神性的太阳又一次揭开我的伤口,
而我——正逐渐死去。

雪再一次在田野发蓝……

雪再一次在田野发蓝,
但不会因光亮而融化。
心再一次期盼自由,
再一次剧烈地跳动。

在冰玫瑰的花纹中,
我的小窗在闪烁。
你好,风,你好,太阳,
你好,旷野,寒冷!

心啊,你为何如此痛苦,
是什么惊扰了你,令你不安?
这满眼看去的白雪
令人想起伏尔加河畔的修道院。

松树的躯干郁郁葱葱,
白雪覆盖的楼阁,
恰似拜占庭的风格
黑黢黢的圣像。

那里,被蜡烛照亮,
我将忘掉自己的痛苦。
那里,在消散的祈祷中,
缓解一切的不安。

但是,唉!我再也不能,
我再也不能沿着伏尔加河畔,
走完冬天的旅程,
去祈祷和去劳作。

我的幻想只是徒劳地
怀念远方的亲人。
自由的风,明亮的冷,
酷寒的雪——就在窗外!

我们清除了积雪……

我们清除了积雪,
融化了金色的蜂蜡,
作为一群快乐的人
送走星光的夜晚。
  我放走了手底的
   戏言,女友的歌声。
我独自一人。蜡烛燃烧。
桌上盖着一块桌布。

哦,受洗节的占卜,
你,瞧吧,别欺骗我!
心啊,心,赶走恐惧——
须知,等待之心已凉。
  明媚的月亮早已浮出,
   清晰地映现在窗上……
雪橇滑行的道路银白……
看着镜子非常恐怖!

家鼠从背后窜出来,

随即消失无影!
黑色的乌鸦一声不吭,
飞进黑魆魆的夜雾……
　　黑乌鸦是不祥的标志。
　　我觉得可怕,年轻人——
倘若注定留有一个尾巴,
随后,也别做获救的祷告!

随其自然吧!我奄奄一息,
胆怯地望着窗玻璃。
在圆形的镜子里——升起
一缕金色的轻雾……

纯朴的小白桦树……

纯朴的小白桦树
在蓝幽幽的水旁,
在沙滩,仿佛在黄色蜂蜡
留下了明显的印迹。

在居民区的附近,
生长着麦子与马哈烟。
我的心上人
从容不迫地走下山。

印花布的彩裙,
辫子扎得非常紧。
在春天快乐的时光,
心——不惧另一颗心。

灌木丛相互激烈拍打,
气喘吁吁——我们歇会儿,
太阳的火焰奄奄一息,
光色愈来愈像琥珀。

酒醉的手艺人……

酒醉的手艺人驾驶
一艘无桨的小船。
我采摘了一把田野的
小花——开始编织。

最蓝的那一朵小花
犹如心上人的眼睛。
我把花冠扔进水中,
我的眼泪,即将枯干!

让它自行去漂流……
蔚蓝的黄昏将消逝。
哦,另一位朋友在叹息,
为另一位女性哭泣。

工厂的烟囱冒起烟雾,
某处有火车在鸣响,
我的花冠像一艘轮船,
直接驶向堤岸。

今天,我的孤独令人不安……

今天,我的孤独令人不安,
我站在肖像前——忍受静的煎熬……
我的高祖瓦西里——不记得父名了——
活着似的,从画布上直盯我的灵魂。

穿着一件退伍军人的深蓝无袖坎肩,
脚底是小黑人和土耳其水烟袋。
在粗糙的手掌——圆形的长柄勺
泛着银色的泡沫。地主显然未醉。

褐色眼睛上面皱起灰白的眉毛,
深色嘴唇四周爬满了皱纹。
经历了那么多次打击,凶险的军刀
还完好无损——胸膛充满了忧愁。

怎么回事?因为年迈就不能使唤儿子,
或者岁月的重负压垮了肩膀,
或者美丽的女奴至死还那么可爱,
心怀嫉妒的邻居永远不会出卖?

不,是别的烦恼。仿佛透过天幕,
月亮的白色火焰挤了出来——
那无辜的受难者——第一个妻子,
她的幽灵出现在痛苦的地窖里。

在疯狂的放纵里,无法摆脱这痛苦,
不能用酒精饮料来消除心中苦恼……
自闭在办公室——用一粒子弹结束
不快乐的一生——但天空也非常黑。

而今呢,被家族的传说所铆接,
他栩栩如生,从画布上瞧着我,
仿佛不存在对他的恶行之宽恕,
而墓穴中的生活,与尘世一样——黑。

抛在肩后的旧日时光愈多……

抛在肩后的旧日时光愈多,
当下的生活就走得愈远,
用一对弱视的眼睛就无法
追踪生活背后的将军老夫人。

为什么?难道逝去的一切
会更加华丽?叶卡捷琳娜宫殿,
它那富丽堂皇的景象
时而快速、时而缓慢地变换。

倦怠的智力习惯面对秘藏的数字,
串联起关于已逝岁月的记忆,
胸口标记宫中女官的密码,
偶尔咳嗽一下,平静地呼吸。

不受干扰的衰迈就这样延续——
冬天在卧室——夏天在露台……
……每个黄昏,女皇本人
戴着皇冠,穿着窸窣响的绸衣,

出现在将军夫人的面前,
与她交谈,亲昵地开着玩笑……
时光飞逝,往事——愈益遥远,
天使很快就会叫醒沉睡的她。

绿色的背景……

绿色的背景——略显模糊,
一种砖红夹灰的颜色。
在舒适的房间里,坐着
一个好幻想的老者,在阅读。

恺撒的胸像。壁炉的火焰。
在脚下打哈欠的猎狗。
穿着一件绸缎的长睡衣,
深蓝的颜色,老派的式样。

戴着金戒指,叼着烟斗,
黄色杯中的茶水已经冷却,
整理方格毛毯,眯起眼睛,
无意中露出了微笑。

任何东西不能破坏这平静,
而月牙即将显露,
长着灰白络腮胡的仆人
通知晚餐提前的消息。

这个年迈的俄罗斯老爷是谁?
他正在阅读的是谁的著作?
窗外是琥珀色的夕阳,
树木弯曲,俯向小溪。

冰雪,因为时间变得黯淡,
泛起黄色;透过画框似的
窗玻璃,村落的景象
映现于黄昏的镜子。

她凝固在慵懒的造型中……

她凝固在慵懒的造型中,
从容随意,身姿轻盈,
笑容温柔。一只纤手
伸向一朵淡黄的山茶花。

看哪:喷泉在远处飞溅,
仿佛传来天堂的琴声。
她嫩绿的头巾被风吹起,
仿佛云彩似的盘旋上升。

远处,像一面灰色的镜子,
椭圆形的池塘倒映着一切,
小男孩举着鞭子,仆从打扮,
白色的小马——等待信号。

小马等得有点不耐烦了
马蹄在地界上不住地翻刨,
夫人姓名的第一个字母
在马的鞍子上战栗。

但她仿佛忘掉了一切,
从容随意,身姿轻盈,
胳膊肘倚靠着栏杆,
仰望飘荡的彩云。

当月亮将变幻的光线……

当月亮将变幻的光线
抛洒在保罗风格的制服上,
我喜欢站立在你的肖像前,
哦,一名严厉的准将。

你皱起了灰白的眉毛,
握紧了长剑的把柄。
是的,在浴血的战场上,
这目光显示一种勇猛。

而面对敌人的攻击,
胸怀坚定而强壮,
胸口五枚战功的勋章
并不是徒然的装饰。

你纯朴、严厉且直率,
明智地过完自己的一生。
在有点褪色的镜框前,
我伫立,仿佛中了魔法。

心更为倾心于过去，
而月亮为蓝色的翻边
和五枚战功的勋章
镶上了一颗颗珍珠。

乡村景象反映在宽大的窗子上……

乡村景象反映在宽大的窗子上,
蓝色的墙壁下是普通的靠椅,
没有上漆的地板嘎吱作响,
一种安静的快乐就此复活。

孤独再一次与我相伴……
诗歌的蜂房因此而敞开。
上过油的皮衣呈现亲切
而古老的风格,十分迷人。

我安静地踱步,来回走动,
观察着夕阳放射明亮的光芒。
爱神对我露出了微笑,
举着一个细瓷的刻度盘。

蓝幽幽的暝色水一样流淌,
漫长的夜晚即将来临;
在古老的石板印制中,

纳瓦林之战①的记载已经模糊。

生存的枷锁已变得轻松……
于是,我不再苦恼,不再烦闷,
我整个的余生都用于
一杯香茗与普希金。

---

① 纳瓦林之战,1770年发生在俄土(土耳其)战争(1768—1774)期间的一场战斗。

断　章

春天散发的一丝凉意
不可思议，无比温柔，
花园飘来湿润的空气，
而月亮缓缓升起来，
而晚霞闪烁离别的光芒，
并倒映在窗玻璃上，
心如此甜蜜，却悲伤地
思念亲切的往事。

我破旧的屋子忧郁地沉默，
宽敞的房间里一片黑暗。
怎样的寂静呵！唯有
树枝的喧声叩击窗户。
守门的家犬叫声响亮，
引起远处一片吠声。
古老的椴树，簌簌响吧，
炽热的霞光，熄灭吧！

我觉得漫长的夜晚很甜蜜，
月亮明媚而暗绿的反光，

不可返回的古老风俗
在记忆中重新浮现。
不!在这面高悬的镜子,
月亮不会起伏地颤动:
叶卡捷琳娜宫的大厅
充满了已逝时光的影子。

钢琴响起,仿佛远方的窸窣,
烛台闪烁微弱的光亮。
哦,影之舞!眸子含悲愁,
少女的脸颊非常白皙。
情人们矫情地屈膝行走,
跳着轻快的小步舞,
新来的舞者步他们后尘,
表演余兴之后的节目。

一幅幅肖像浮现在黑墙上:
手捧刺绣的老婆婆们,
放纵的酒鬼,懒散的诗人,
戴着蓬松假发的贵夫人。
月亮的游戏将替代
那些僵硬的笑容,
从白色的羽毛扇子里
飘来一个朦胧的黄昏……
…………

夏园的幻觉……

尽管你被称为"夏天的",
但是,已满园凋敝,静寂——
在秋天,你显得双倍地出色,
你双倍地魅惑我的理智。

如同一艘破船的船尾,
月亮在云彩中潜行——
我喜欢你栅栏的花饰,
花岗石和生铁的光泽。

有轨电车在远处叮当作响,
汽车飞驰而过,
于是,往事逐渐复活,
开始造访这夏园。

拄着一根多节疤的棍子,
彼得敲打着走过去,随后,
在淡绿而朦胧的迷雾中,
才是叶拉萨维塔和侍从们……

君主们链环似的庄重走过，
旗帜和双头鹰飘扬着，
古老的音乐嘹亮地响起，
在迷雾中四下传播。

武器的反光……火焰闪烁
在眸子中……近卫军的高帽……
仿佛来自远方的簌簌响，
夏园回响着"乌拉"的欢呼！

光荣者的影子也是这样
庆祝今天胜利的壮举。
但在栅栏上，在台阶上，
残留着微暗的灰光……

清晨金色的光带
在生长，路灯熄灭，
君主的幽灵也在散去，
霞光在履景中逐渐黯淡。

开阔而空旷的花园伫立
如谜，显得无比壮丽，
难以辨别，簌簌响的究竟
来自旗帜还是树枝。

又一次来到冬宫的广场……

又一次来到冬宫的广场,
圆柱闪烁银色的光芒。
在冬宫旁边喧嚣的马路上,
地毯似的铺着寒冷的白霜。

雪橇一辆接一辆地奔驰,
马儿冒出的热气盘旋而起,
在匆忙的脚步踩踏下,
冻结的人行道嘎吱作响。

轻松的笑……生动的面庞……
篝火窜起快乐的火焰——
涅瓦河畔的首都多么美丽,
在如此阳光明媚的日子。

你挺胸呼吸,大步前行,
来到涅瓦河畔,看着流冰,
伴随头顶的风声,你感知
阳光无限开阔的飞行。

心因为快乐而战栗,
崭新的生活多么明朗,
而在苍白的天空,灿烂地
闪烁着海军部的尖针①。

---

① 彼得堡的海军大厦上立有一根镀金的长针,高达 72 米。

首都沉睡……

首都沉睡。电车也不再响动,
空气弥漫春天与夜的气息。
在苍白的天空,海军部
白色的表盘犹如一枚月亮。

只是偶尔从喧嚣的明朗上
传来快乐马匹的踢踏声,
复又是寂静,在涅瓦河畔,
美丽的首都已经被人遗忘;

曾经喧嚣和嘈杂的生活
已经被寂静所彻底替代,
表盘睡眼蒙眬地闪烁,
犹如一枚黯淡、静止的月亮。

但是,在冬宫群雕的上空,
在海军部挺拔的圆柱上空,
浅灰和深红的反光穿透
绿色的轻雾,在生长。

模糊的喧嚣,工厂的汽笛
正逐渐打破这一平静,
在皇家河流的灰色波浪上,
银色的水沫越来越鲜红。

你看——晨雾在奔跑和消散,
在明亮的太阳双轮马车前,
复又是喧嚣和欢快的生活
主宰着涅瓦河畔的首都。

巴甫洛夫斯克

法国口音。羽饰的闪动
和帽子饰条的飘飞。
绯红的霞光滑过树枝,
照亮黄色的沙砾。

音乐从车站大厅传来,
普契尼激越的声浪。
恋人们在散步。秋天,
像春天似的集聚了众人。

哦,在站台上的等待,
那里充斥了忙乱和拥挤,
啊,还能变得更加温柔吗?
艾伦,您是否爱我?

但彩色的灯盏过于明亮,
而音乐也过于嘈杂,
可是,在伟大的公园里,
一片寂静和幽暗。

朦胧的林荫道向前延伸，
愈来愈远，直抵河岸，
那里，皇家的陵墓
和雕像闪着蓝光。

风儿吹来几丝幻想，
音乐的波浪愈来愈弱，
在树枝之间，月亮
浮现并露出了笑容。

它飘浮着，仿佛一粒
琥珀红的希腊榛子，
在凉亭里，还响起了
土耳其口音，轻微的笑声。

慵懒的爱神发出了威胁，
月亮的道路分外明亮，
在它丰沛的光线下，
恋人们无可躲避。

快乐的风驱赶冰块……

快乐的风驱赶冰块,
而春天的夜——苍白,
但愿可以通宵站立
在亮堂堂的窗边。

望着波浪和花岗岩,
倾听那骚动的轰鸣声,
仰望天空,看它
时而蔚蓝,时而银白。

心呵,与波浪一致跳动,
燃烧着春天的不安……
晚霞的反光用月亮
来取代银色的夕光。

鸟的影子飞起并消失
在城堡后面——融入晚霞。
在朦胧而绯红的涅瓦河上空,
纤长的钉子更加明亮。

遥远的马蹄声嘚嘚响起……

遥远的马蹄声嘚嘚响起,
夜晚的天空一片死寂,
灰白的大理石狮子雕像
愤怒地在大门旁凝固。
月亮垂直的清辉
在窗户上吃力地玩耍,
胸膛、利剑和翅膀
在雕像的三角楣上泛白……
光亮为何在护窗板后闪烁,
压低的呻吟出自什么人?
灯火有如蜡烛,依次
在宽大的窗户上闪烁。
老派的华尔兹舞曲莫名地
响起,又突然中断。
又一次变得万籁俱寂——
夜晚的天空一片死寂。
石狮子雕像守护
肃穆而壮丽的安谧。
但心淹没于甜蜜的寒意,

镰刀在头顶闪烁白光，
我希望忘乎所以地逃跑，
沿着被照亮的马路。

涅瓦河畔,两条中国龙……

涅瓦河畔,两条中国龙
在无害的愤怒中张开大嘴——
你们听过大炮铜钟似的震响,
被打败的斗犬发出的狂吠。

但据说,冬天,子夜时分,
你们会在隐秘的瞬间中醒来。
见过这奇迹的人脸色苍白,
躲开,因脑部受创倒下。

而每个早晨,曙光吝啬地
用一抹嫣红照亮浅灰的涅瓦河,
在冻结的石板上看不到尸体,

唯有鲜血在石质的唇间燃烧,
在无目的愤怒地张开的利爪中燃烧,
其中的一只攥紧了贴身的十字架。

老虎的皮毛暖护我的身体……

老虎的皮毛暖护我的身体,
温柔的星星照耀着我。
我弹奏着令人陶醉的颂歌,
充满幻想地放牧着牛群。

当狄安娜奄奄一息的时候,
清晨的雾气深不可测,
我小心地用幻想来拆解
回忆层层缠绕的线团。

我踏上一条狭窄的小路,
走向芦苇絮语的河畔,
被一种甜蜜的音乐迷惑,
我编织爱情的花环。

入睡时分,我看见
消逝的霞光炽烈的闪烁……
月亮抛洒着琥珀,
投进悬铃木环立的池塘。

而某人贞洁的嘴唇刺激我,
让我觉得比玫瑰更甜蜜……
而某人散发粉香的发绺
触碰了我的头发……

我醒来——玫瑰覆盖了整张虎皮,
芦苇簌簌响,牛群哞哞叫……
我再次弹奏令人陶醉的颂歌,
献给你,你,我的星星!

罗曼司

爱神对着我歌唱,
我的胸口中了一箭——
今天,我比往日
更加招人喜爱!……

爱情在脸颊上
点燃羞怯的红晕……
我,确实有点奇怪地
再次听到她的声音……

在河岸,伴随音乐,
我跳起了舞蹈,
把自己的花冠
扔进冰凉的河水……

僧侣们和修士们,
现在我要拥抱所有人——
反正,我准备
奉献给任何人。

爱情的歌声响起,
烟雾遮住了双眼……
今天,我比往日
更加招人喜爱!……

诗人对杰米拉说过"我爱你"……

诗人对杰米拉说过"我爱你",
她曾经答道:"我也是。"
弦丝悦耳的竖琴响亮地应和,
"我爱你。"诗人对杰米拉说过……
在溪边橡树的浓荫下,
他们所有人都已忘掉这一切。
诗人对杰米拉说过"我爱你",
她曾经答道:"我也是。"

加宰尔①

1

倘若你低声说出"不"——我不再爱,
诗人,请你不要再任性——我不再爱。

而今已是五月,但如果你——要逃走,
玫瑰那温柔的颜色,我也不再爱。

唉,难道还能变得比你更不可忍受——
当人们听到普通如问候的一声"我不再爱"?

或者是你希望像一个老头那样去爱?
够了,亲爱的,你的头发将灰白——我不再爱。

我已经厌倦了用没有休止的絮叨
取代那些甜蜜的交谈,"我不再爱"。

---

① 加宰尔,流行于西亚、中亚和阿拉伯地区的一种诗体,其主要题材就是吟唱醇酒和美人。

你最好在夕阳西下的时候来临:
月光永远不会听到"我不再爱"。

2

唉,我已没有力量猜测什么是我想要。
从玫瑰、灌木丛和夜莺——获得我想要。

玫瑰为什么要闷闷不乐地迎接春天,
隐瞒唯一的问题:什么是我想要?

我有可爱的母亲,父亲也不严厉,
家庭为我做了一切,那正是我想要。

但是,唉,我已经没有力量摆脱忧伤——
难以克服的尖锐的锋刃——"我想要"。

我已忘记了瞄准靶心和快乐的小球——
忠实的朋友也无法说出什么是我想要。

……我就这样前后奔波,但爱神,我的救主,
你的利箭让我知道了什么是我想要。

而今我要与心上人赶紧躲进森林里,

因为我已清楚地知道了什么是我想要。

3

我骑着自己的马儿走向你,哦,爱情。
灵魂在甜蜜的梦中追求你,哦,爱情。

我依稀听到刀剑的撞击和箭矢的歌唱,
离开秋天,奔向春天,奔向你,哦,爱情。

我紧紧地尾随金灿灿的福玻斯,向前飞驶,
他在着火的金羊毛上飘向你,哦,爱情。

到了夜晚,我不翻身下马,也不放下笼头,
信任月亮,匆忙奔向你,哦,爱情。

我被敌人悄悄地包围,受了重伤,
但我依然向往高空,向往你,哦,爱情。

我流尽了鲜血,倒在了玫瑰红的雪地上……
仿佛觉得,我在飞翔,飞向你,哦,爱情。

清凉……

清凉……Do – Re – Mi – Fa – So①
飞进敞开的一扇窗户。
怎样的忧愁,怎样的痛苦!
不过,这一切反正都一样!

终生的爱情,这种病症
比牙疼更让人觉得恐怖。
我,一个反复无常的朋友,
对你吟唱 Do – Re – Mi – Fa – So。

你是公主,我是你的侍从,
一切已成往事,哦,命数!
你来到了我的小茅屋,
你唱起了 Do – Re – Mi – Fa – So。

有什么办法,倘若血液中有毒,
脑子一片混乱,眼泪——就是盐,

---

① 音符"So"的俄语发音与盐(соль)相似。

而你堵住了耳朵,并且

再也不听……Do – Re – Mi – Fa – So。

在池塘的上空……

在池塘的上空,飘动
一列浅紫色的轻雾,
在栗树的枝叶之间,
有一颗星星在闪烁。

您俊美如纤细的芦苇,
我爱您,玛丽娅。
但一滴小小的泪珠
落到了缎子的短上衣上。

一只纤手转动遮阳伞,
把围巾揉成一团……
月亮在地平线上
给东方涂抹一层银光。

哦,玛丽娅,难道
我的词语已经死亡?
当您转身离去,
我一直痛哭到天亮,

我们还有一小会儿时间,
可以在月光下散步,
看上帝分上,请您
更温柔地对待我!

但姑娘铁石心肠……
夜莺在树枝间啼啭,
那么忧伤,那么深情,
这一切似乎都是枉然。

于是,我刻意掩饰
受骗灵魂的痛苦:
"变化无常的人,抓紧,
去赶赴另一个的约会。"

我们在冬天苦恼……

我们在冬天苦恼,在春天恋爱,
炎热的夏天,我们就打台球……
而今,我们在黄铜色的月亮下飞驰,
秋天驾驶着我们的轻便马车。

枯萎的牧草已被染上一片金黄,
而我们的目的地已临近,抑或尚遥远?
穿着红色燕尾服的打猎人,
带着一群快乐的猎狗——疾驰而过……

呼吸越来越困难,越来越甜蜜……
在多雾的白昼,在橡树丛中,
很快,哦,你很快将失去知觉,
并倒下——倒向沼地的帚石楠!

被雷电撕扯过的——粗壮的橡树……

被雷电撕扯过的——粗壮的橡树,
令人不安的风送来秋天的哀诉,
汹涌的涅曼河上空——峭岩的小黄点,
十月的月亮——朦胧而平滑。

老朽的自然一片空旷,死气沉沉……
我迟疑地向前走,脑袋有点眩晕……
树木向两边伸展,浮云在月下飘动——
唯有影子倒映在破旧的画布上。

我伫立在巨大而褪色的画幅之前,
仿佛领会了古老的大师的真髓——
但是,愤怒的波涛低沉地汹涌着,
不容分说地冲向幻象与迷梦。

我多么喜爱弗拉芒的壁画……

我多么喜爱弗拉芒的壁画,
画中有蔬菜、鲜鱼和葡萄酒。
平整的盘子上有丰盛的野味——
渗出琥珀似的黄色光泽。

我喜欢一支古老的画笔描述的
战斗。一名举着铮亮军号的士兵,
火药的烟雾,一大堆死者,
来自各方的昂首陡起的战马!

但我最喜欢、最合我心意的是,
克劳德·洛兰笔底梦幻的黄昏,
沿岸生长的一丛丛杨树,
渔具的花饰和粉红的轻波。

哦,在海滨为艺术的海洋而庆祝……

哦,在海滨为艺术的海洋而庆祝,
那里新奇的船只被装点得五彩缤纷,
曼陀林的咿呀声,海浪在喧嚣,
轻巧的焰火在飞翔,散落在远方。

魁梧的丑角在叹息。好事者听到召唤,
恋人们奔向大船——驶向神秘的远方……
哦,华托①的模仿者,俄罗斯的贵族换上
西欧的服装——我爱你们粗俗的凡尔赛。

且让扇子幽幽发蓝,羞怯的牧笛去叹息,
且让树叶在淡红的月亮下轻轻摆动,
仿佛在黯淡的水彩画上,这世界复活,
诗人和签约的画家已经有过描述。

---

① 华托(1684—1721),18世纪法国著名风景画家。

微微泛黄的版画……

微微泛黄的版画,
画框圆形的角边,
牧女与爱神,
他们都一样可爱。

透过银色的树木,
红色夕光在窗口闪烁,
在曾祖留下的地毯
给姓名的首字母镀金。

家具矮小——却结实,
蒙着一块绿色的绸布,
座钟上有拿破仑的塑像,
还在三十年代。

"要可爱一点,可爱一点。"
座钟均匀地嘀嗒响。
唉,为什么要给拿破仑
添上一笔胡髭?!

椴树茂密……

(致 M.H. 别雅尔科夫斯基①)

椴树茂密,天空蔚蓝,
云彩睡眼蒙眬地凝固,
古瓮刻有拉丁语的铭文
和两只忧伤的鸽子。

下面的排箫默不作声,
但忧悒的铭文却在宣布:
"这里是挚友的坟墓。"
俄耳甫斯躺在石头底下。

莦草似的常春藤缠绕一切,
深绿的青苔遮住了古瓮,
过路人,请在它面前驻足,
给诗人送去一个惆怅的叹息。

---

① 别雅尔科夫斯基,当时的文学周刊《海湾》的编辑,生卒年不详。

随后你遵照风俗,显示从容的
优雅——流下一滴眼泪:
这里,伤心欲绝的女主人
为莫普斯狗建造了一座陵墓。

多么美好,多么忧愁……

想起弗兰德粗简的人们
是多么美好,多么忧愁:
父与子在用午餐,而母亲
往平整的盘子里放土豆。

绿色的水光在窗口闪烁,
渔网和小船依傍的河岸泛黄。
尽管见不到太阳,但我明显
能感觉它温柔的红晕。

朦胧的光在困顿的生命上空,
平静而诱人地坚强的生命,
在空气弥漫着松香的国度,
渔夫们片刻都离不开烟斗。

笨重的天鹅尖叫着爬行……

笨重的天鹅尖叫着爬行……
琥珀色的波涛撞击着
海岸。小小的帆船
被赤铜色的夕光点燃。

那就是船长。一条塞特犬
紧随身后,衔着西班牙皮绳,
风吹来——晃动铁锚,
扬起尘土并抛掷树叶……

而船长通过望远镜观察
渔具花纹,海岬的小酒馆……
与此同时,十月的月亮浮现,
给格里芬犬的鼻子镀上金光。

在爷爷古旧的烟荷包上……

在爷爷古旧的烟荷包上,
玻璃珠的泪滴在闪烁,
四个丘比特——希望
在网上抓到一个抽烟者。

但土耳其人蜷起了双腿,
一张超级冷漠的面孔,
他毫不理会爱情捉迷藏游戏,
吐出一个又一个烟圈。

翻开烟袋吧。那表情
忧伤,犹如一幅画:
在破旧的屋顶上空,
朦胧的月亮俯瞰着废墟。

在狮爪上有一个锁扣,挂着——
一本古兰经,浓重的云彩,
可以听到失去香味的空气,
藿香与烟草的气味。

生命的一切都可亲、普通……

生命的一切都可亲、普通,
恰似窗户上的池塘与小树丛,
仿佛这个穿着彩色长衫
时常耽于幻想的诗人。

漫不经心地抽着烟斗,
轻轻地左右摇摆,
他眯缝起眼睛
仰望琥珀色的云彩。

已是黄昏。羊群风尘仆仆,
牧羊人吹起集合的号角。
怎么啦?吃晚餐吗?
还是仍然把诗歌创造?……

他写道:"爱情插上了翅膀……"
但并没有把句子写完。
在长衫缤纷的底色上,
划过一道彩光——随即消散……

这是小树林和僻静的空地……

这是小树林和僻静的空地，
布满青草与沙砾的峭壁；
一位穿着彩色萨拉凡①的农妇，
采摘酸果蔓，装进柳条筐。

猎人老爷在树干后面观瞧，
猎狗为死鸟兴奋地摇尾。
因为夕阳照耀——沉甸甸的
火枪的枪托被染成一片琥珀红。

夕光十分惹人注目地枯萎，
树叶簌簌作响，云彩蜷成一团，
脸颊鲜红如同一枚苹果，
谦恭地等待一个亲吻。

---

① 萨拉凡，俄罗斯一种传统的民族服装。

苏格兰,你雾蒙蒙的海岸……

苏格兰,你雾蒙蒙的海岸
和绿草如茵的牧场,
大团的乌云在那里栖息,
永别这一切多么令人悲伤!

已是最后一次,我看这一切,
远方的事物脱离了视线,
柳条掩映下的父亲的小山,
我的心上人安静的家园……

别了!哦,帚石楠,哦,迷雾……
远方逐渐模糊,大海嘟哝着,
我们的船向前航行,如同大车①……
上帝,请护佑我的苏格兰!

---

① 车,此处指国际象棋中的车。

生命的一切都构成了圆环……

生命的一切都构成了圆环,
嘴唇的拥吻,手掌的相握。

旭日在夕阳的后面升起,
秋天收割成熟的种子。

我们跳起轻快的舞蹈,
灯光照耀——我们不见黑暗。

小块草地或镶木地板——都一样,
跳起来吧,修士,跳起来吧,诗人。

而你,阿莫尔,张弓射击吧——
目力所及——到处都是心脏。

无论牧羊人还是魔法师,
都忠实于甜蜜的渴望。

整个世界——恋人们都是一体,

请你们慢慢地捻灭这火焰……

且让秘密的圆环逐渐构成——
嘴唇的合拢，手掌的相握。

渔夫们已经从渔场返回……

渔夫们已经从渔场返回,
大小不一的漂砾变得黯淡,
月亮暗红色的光辉
落在了麦秸盖的屋顶上。

高度警惕的耳朵
谛听着轻缓的拍岸浪:
大海低沉而均匀地泼溅,
仿佛古老钟摆的敲击。

在狂躁不安的波浪上空,
在消逝的空气里,苍白的
月亮微微地升起——
在惊惶不安的树枝背后。

仿佛远古欢呼雀跃的荣誉……

仿佛远古欢呼雀跃的荣誉,
云彩在飘浮,闪烁熊熊的烈焰,
天使从彼得保罗要塞
透过云彩——远眺未来的世纪。

但清亮的目光仍然看不清——
那里有怎样的梦、夕阳和城市——
怎样的夜将永世降临,取代
这些被剥蚀了的镀金层。

金色的夕阳……

金色的夕阳。琥珀
向着雪地流淌。
加契纳让我觉得可亲,
宛如在远古时代。

忧伤令人更加烦恼,
但它也最为甜蜜。
从火车站传来汽笛声,
窗户上洒满了——光亮。

在你的窗户上洒满
朝霞骗人的光亮。
只要你一打开篱笆门,
我们就会在一起。

一切过往:公园,车站……
而你就坐在车厢里,
你只是对我说道别的话,
对我露出了微笑。

这是最后一次微笑,
伴随车轮的咔嚓咔嚓声,
那一对活泼的眼睛
甚至不曾有泪水。

我并不需要任何天堂……

我并不需要任何天堂,
不惧怕任何暴风雨——
只要能抚摩你的头发,
看着一对可爱的眼睛。

仿佛在农忙季节,路人
对着清亮的泉源弯下身子,
看到飘着云彩的广阔天空,
倒映在晶莹的水面。

解冻……

解冻。似乎如此,
春天真的已经来临,
但皮肤上的轻寒
说道:不是,不是她。

工厂散发着煤烟味。
云彩显得轻盈。
甚至庄稼汉也不去
捎带圣诞节的杉树。

海水还围聚在港湾,
源源不断,取之不竭……
你们知道。你们存在过。
难道从来没有过吗?

海岸在西方蜿蜒伸展,
涅瓦河的水面结冰。
恋人们和颓废分子
来到这里,散步。

只是我们很不顺利,
我们给嘴唇涂上口红,
我们相互借贷,
欠下钱款并不偿还。

受尽有毒夜晚的折磨……

受尽有毒夜晚的折磨,
受尽失眠和酒精的折磨,
我伫立,喘息,面对
向晨雾敞开的微亮的窗户。

我看见枝条的轮廓
在浅紫 – 玫红的雾霭中,
我既无法接受问题,
也不能接受答案。

我屈服于温柔的不自由,
追随着你们——彩云,
昨天的忧伤还在折磨我,
以它轻微的偏头疼。

歌

秋季的连雨天,
忧悒的命运!
为何我忽略了幸福,
也忽略了不幸?

而今幻想已不会结果,
不会为什么而叹息。
我变得平静而冷漠,
我应该得到休息。

窗口——白柳的轮廓,
被月亮的光华泼溅。
秋天的风儿呼啸,
仿佛弹奏小调的琴弦。

但是,我已不再记得
陈年往事,月亮!
我往一只高脚酒杯
倒进一点廉价的葡萄酒。

愈来愈死寂,愈来愈灰黄……

空荡的天空愈来愈死寂,
愈来愈灰黄。在斜坡旁边,
逐渐黯淡下来的夕阳
在苍白的皮肤上留下了爪痕。

希腊的古瓮不再有清流
汩汩淌出,也不惊扰暮色。
两个声调的牧笛,或许,
是这一年里最后一次歌唱。

风呼啸着从北方袭来,
落进了公园,野性而凶狠,
从斗篷上揪下金子,
你缝上去的金子,秋天。

我伫立,因为腐朽而焦躁,
我感知到必死的灵魂,
仿佛听到了沉闷的音乐,
恰似面对一口致命的丧钟。

我的道路空旷而漫长……

我的道路空旷而漫长,
而天空比天堂更为灿烂,
地平线在迷雾中闪烁,
犹如上帝衣襟上的宝石。

接下来,六个角的星星
燃烧,仿佛夜晚的一名信使,
一对蔚蓝的眼睛俯视大地,
晃动着灰色的大胡子。

但是,年迈而安静的上帝,
似乎已经厌倦了繁杂的事务,
不再注意粗心的燕子
如何用翅膀碰触他沉重的脚踵。

半梦半醒

这里——干瘪的枕头,
蜡烛,斟满美酒的杯子。
敞开的窗户。窗外,
小苍蝇在旋转着飞扑,

云杉的树梢
在幻梦中摇晃。
悲伤的青蛙
在寂静里叹息。

它们不会打破
秋天的寂静。
它们的呻吟不妨碍
闪烁的月光

去笼罩树梢
并落在眠床上,
遮盖揉皱的
枕头上的花纹。

黯淡的金光,冰凉的蔚蓝……

秋天的黄昏在涅瓦河上空
闪烁黯淡的金光,冰凉的蔚蓝。
路灯向波浪投去幽暗的光亮,
驳船在岸边轻轻地荡起漪涟。

忧郁的船夫啊,快把船桨扔掉!
我多么希望,水流将我们带走。
以一颗骚动的灵魂彻底献身
黯淡的夕阳那短暂的和谐。

波浪不住地拍击黑魆魆的船舷。
轻盈的幻想与现实融为一体。
城市的喧嚣停息。忧伤的蜂胶灼热。
灵魂感到了缪斯的亲近。

彼得在荷兰

(致安娜·阿赫玛托娃)

高耸的云彩飘浮在粗陋的蓝天,
下面是镂花的森林,犹如张帆的绳索。
柳条的鞭子抽打着靴子的皮面,
眯起一只眼睛。另一只紧贴着望远镜。

稍远的地方,一个快乐的大马虎,
一名匆忙的理发匠,一位散步的贵妇。
而往下,临河是一家"三友"小酒馆,
镶着阿姆斯特丹徽标的彩色玻璃。

船坞和象牙酒杯看起来很眼熟,
一位官员正端起杯中盛满的饮料,
难道还需要在辽远的天空寻索,
去解读烟囱和天才之间飘荡的呼哨?

高脚水果盘

沉甸甸的葡萄，苹果，李子——
它们的线条看来多么柔和——
一切被细心地涂上阴影与反光，
暴露表皮下所有纤细的经脉。

在梨子上方，一片切开的甜瓜，
前面有一堆深红色的石榴；
一个巨大的菠萝傲慢地躺在中间，
给整个果盘戴上漂亮的皇冠。

果盘上相互缠绕葎草的雕饰，
一种古希腊的鲜活的纯朴：
几个小男孩安静的嘴唇
正紧贴着果盘底座上的牧笛。

街头少年

一个破嗓子。眼睛里
有一抹蓝,嘴唇上有一撮黄褐色
绒毛。就是——他,僻巷角落
平常的光顾客。难道不是脏污的

青草在装点首都的街心花园,
或者混浊的冰块布满了涅瓦河?——
他还穿着那件短外套,脑袋上
还戴着那顶旧帽子。他不惧寒冷的

刺激,令人萎靡的暑热之折磨
也不害怕。在高大的门廊下站立,
乞求人们的施舍。手捧一束鲜花

粗鲁地走近一位过路的夫人。
他的表情时而放肆,时而胆怯,
但皮筒靴里总藏着芬兰的小刀,

黑色的目光一年比一年执拗。

红边信封里的一封书简……

红边信封里的一封书简
以甜蜜的忧愁洞穿我的内心。

我又一次想到您傲慢的眼神,
慵懒的嗓音,鬈曲的头发。

巍峨的顶楼充满了阳光,
您神采奕奕,仿佛列奥纳多的面庞。

面前摊开柏拉图的皇皇巨著,
空气里充满了金色的单词。

我永远肩负着等待的痛苦,
永远忍受煎熬,期待着会晤。

可是,如今我只能悄悄地亲吻
红边信封里的那一封书简。

女演员

吹来一阵湿漉漉的春风,
夕光下的蔚蓝逐渐黯淡,
而我站在开放的舞台上,
念叨着告别的话语。

然后,如剧情所需,我
悲伤地编织好自己的辫子,
吞下了没有害处的毒药,
长叹一声——顷刻死去。

观众们为此小声地鼓掌,
幕布窸窸窣窣地落下。
我站起身。舞台漆黑一团;
高脚杯翻倒,叮当作响。

我踏上嘎吱嘎吱响的楼梯,
母亲备好茶水,在家中等候。
我的上帝,多么可笑,多么无聊,
为了一顿晚餐——而复活。

稠李花飞向平静的池塘……

稠李花飞向平静的池塘。
晚霞给树木镀上一层金光。
但是,这灿烂的玫瑰色夕阳
不曾给我任何许诺。

小鸽子,你咕咕叫着徒然飞来,
栖停在静谧的窗台上。
我很快将躺下,进入深沉的梦乡,
呵,清晨——我不再打开圆梦的书。

斑鸠在歌唱,但我没有倾听……

斑鸠在歌唱,但我没有倾听。
我看见蓝色丝绸背景上的星星
和一弯月亮。而心脏忘掉忧伤,
愈来愈微弱、愈来愈缓慢地跳动。

有时,似乎是我的生命
因为可爱的、寂寞的、雷同的
时日难以计数——像无声的小溪
在森林里沿着黄色的黏土流淌。

有时,我听到遥远的号角声,
一个奇怪的声音刺激了我,
我看到灼热的眼神,我亲吻
红唇和一对纤细的手掌……

你是否还记得我发出的梦呓?
而今我的理智与从前一样。
我看见黄铜色的夕阳,
空荡的天空和金色的沙子。

悲哀如同竖琴一般在叹息……

悲哀如同竖琴一般在叹息,
星光闪烁,仿佛一支支蜡烛,
远方的落霞——恰似波斯的披巾,
包裹着温柔的肩膀。

夜莺为什么不间断地啼啭?
落霞为什么开放并逐渐融化?
你高贵的肩膀为什么
像珍珠一般温柔,像天空一般舒缓?

我不祈求爱情……

我不祈求爱情,我不歌唱春天,
但唯有你一人倾听我的歌声。

哦,你想一下,难道我真的能够
看着这片雪地而不失去理智?

多么平常的一天,多么平常的花园,
但为什么,周围总有铃铛在振响,

还有夜莺在歌唱,玫瑰在雪地开放?
哦,为什么?请回答。莫非你也不知道?

哦,你想一下,难道我真的能够
看着你的明眸而不失去理智!

我不会说"请相信",不会说"你请听",
但我知道:而今你正看着那一片雪地,

而我的爱情正在你的身后,看着
这温柔的天堂,那里有你也有我。

轻盈的月亮在被遗忘墓地的十字架上闪烁……

轻盈的月亮在被遗忘墓地的十字架上闪烁,
朦胧的光线照亮了忧伤坟包的一片废墟,
温煦的风儿叹息道:我也曾是青草和云朵,
我也同样会在某个时间成为人类的心脏。

你坠入情网,你伤感,你忍受夜寒的煎熬,
你呼唤着女友,你把她称为伊琳娜,
但是,时辰已到,在我们蜷曲的土地上空,
你一掠而过,无视也不知晓这一片田野。

而爱情——变成了一道七色的彩虹,
布谷鸟声,或者石头,或者橡树的枝叶,
其他热恋中的人们也将在窗下站立,
嘴唇相互紧贴,享受令人痛苦的温柔。

温煦的风儿叹息着,树木在溪边发出喧响,
轻盈的月镰倒映在北方之夜的镜面,
我亲吻裙子的襟边,你的嘴唇,这一对
绿色的眼睛,仿佛亲吻上帝的圣衣。

青草的窸窣为何要如此折磨我……

青草的窸窣为何要如此折磨我,
青草开始枯黄,玫瑰开始凋零,
呜呼,你如此珍贵的躯体,
即将变成田野里的花朵和黏土。

甚至关于我们的记忆也将消失……
那时,黏土在熟练的手指下复活,
喷涌的泉水第一次闪烁
在水罐金灿灿的、宽阔的喉间。

或许,在约定的时辰,在井边,
是另一个拥抱了另外的一个……
而从赤裸的肩膀后面,珍贵的
遗骸滑出,振响着,撞击成碎块。

沉重的橡树……

沉重的橡树，石头，海水，
古老工匠们阴沉的幻象，
你们控制了我。你们总是给我
那些惊惶的、沉闷的温存！

我，仿佛从家门走向黄昏，
风儿肆虐着翻卷路人的风衣，
飞沫击打着脸颊。但我机敏地
眺望大海，火红而不安的落日。

哦，古老的风儿，我听到你的声音，
像一名被希望和痛苦刺激的水手，
我知道，在火焰中，在致命的漩涡之上，
浸透了盐质的白帆正在飘扬。

我已厌倦了追求日新月异的土地……

我已厌倦了追求日新月异的土地,
不再听潺潺溪水,不再分辨风声,

倘若还有什么值得心灵珍爱的东西,
那就是在克里米亚出售的丝绸。

透过被征服的大海,闪现着
玫瑰花、浆果和霞光。

轻捷的精灵窸窣着飞出掌心,
一颗被征服的灵魂聆听它们。

为一种轻盈的魅力所迷惑,
陌生的一切,寻求着一切。

你知道,那个歌唱并生活的人,
赢得了最为惬意的休息。

夜来临。夜幕丝绸似的落在山上。
光泽逐渐黯淡,目光被迷乱。

牧羊人的号角奏出的歌声……

牧羊人的号角奏出的歌声
在远处缓缓地消散,
暮色弥漫。唯有落日的不安
给大地的边缘抹上嫣红。

金色的落叶布满我的道路。
哦,心儿,聆听凋零的声音!
紫红的轮船向前飘移,
在蓝色的大门口黯淡下去!

不,死亡并不等我,生命普通
而快乐。但秋天苦涩的
毒药在灵魂深处和你

缠绕在一起,还有欢乐和荣誉!
再没有什么比落日中的道路更加甜蜜,
当号角响起,随即沉寂的时候。

一名出色的女猎人狄安娜……

一名出色的女猎人狄安娜
重新回到了秋天的道路,
箭囊的边沿已经磨损,
手臂和白而无光的胸脯。

河水死沉,犹如一片沙漠……
我坐在濒临涅瓦河的长椅上,
伤心欲绝的女神举起晶亮的弓弦,
射出一箭,对准我的心脏。

血液沿着疲惫的脉管奔跑……

血液沿着疲惫的脉管奔跑,
给我们带来了快意,
给那些亲近的、永新的名字
带来了甜蜜的谦恭。

被爱情的任性所折磨,
肥沃的故乡越来越荒芜,
金色的和蔚蓝的天堂
孔雀似的升起在沙滩上。

在温柔之茂密的丛林里,
旅行者凭借感觉向前行走,
她是一把和谐的诗琴,
他被称为天鹅。

"心上人啊,心上人!"
"我的爱啊,我的爱!"
仿佛穆罕默德的哈菲兹,
无酒也沉醉,醉醺醺!

我们歌唱黝黑的皮肤,
缎子似的发辫上的玫瑰,
歌唱那一对眼睛,
那一对绝世无双的眼睛。

金色的自由终于萦绕在我的周围……

金色的自由终于萦绕在我的周围,
空气里充满了秋天的阳光、风和蜜香。

空旷的花园里古老的树木簌簌作响,
路过的马群发出一阵阵铃铛声。

奶状的迷雾在低陷的峡谷里弥漫……
这个黄昏在巴勒斯坦开始熊熊燃烧。

天空泛起蓝色,潮湿的草儿冒出雾气,
当玛利亚带着婴儿来到埃及的时候。

深色的婴儿红,小毛驴,葡萄串……
路过的马群发出叮叮当当的摇铃声。

约瑟夫用手掌蒙住眼睛,观察
正在消逝的太阳扔弃孔雀的衣饰。

绿色血液……

到了某个时候,恋人忧伤的血液
将变成橡树与青草的绿色血液,
而在分手之际对他们叹息的风儿,
也会再一次对其他的恋人发出叹息。

美丽的胴体将和一抔沙子融为一体,
泪水将朝着故乡的大海返回……
"我亲爱的人,云彩在我们头顶奔跑,
星星闪烁绿光,黑色的树枝发出喧嚣……"

秋天的太阳逐渐变冷……

秋天的太阳逐渐变冷,拨弄着黄叶,
轻巧的树枝晃动,黄昏的蓝雾在摇曳——
那是我们的青春在离去,爱情正在死去,
对美好的世界微笑,不再相信任何事物。

从云彩中,从玫瑰红的飞沫中……

从云彩中,从玫瑰红的飞沫中,
无形的哈里发国家似的花园,
凭借着绿色的血液稍许复活,
在明亮的月光下显露了身影。

那里有抑郁症、春天和寒意,
还有滑动着的银光。
这个花园的所有的轮廓——
犹如一支鸵鸟毛制作的羽毛笔。

那里,迷人的宫姬
数玩着来自远方的珍珠,
从鸽子玫红的尖喙中滑出
一张纸条,落到塔中囚徒的脚跟。

我听到了淡淡的芳香,
来自透明的灌木丛和花坛,
轻盈的音乐恰似神秘的
呼吸,从云彩向我飘来。

但这仅仅存在了一个瞬间：
重新是室内的寂静，
并且，石岛上的月亮
和薄纱的窗幔被装进一粒豌豆。

恰似一名东方诗人的虚构……

恰似一名东方诗人的虚构,
我的绣花地毯,你奥妙无穷,
那里,有孔雀绿的树叶,
大朵大朵深红的鲜花。

从半开半闭的芍药花后面
黝黑的苏丹王后露出迷人的
鹅蛋脸。卡拉克季昂诺夫[①]
为我们描绘了那样一个扎列玛[②]。

但这并非巴赫奇萨赖的喷泉,
它喷涌得更加隐秘、更加甜蜜,
浪漫主义的天鹅,奄奄一息,
张开了翅膀,拼出了最后的绝唱。

[①] 斯捷潘·菲利波维奇·卡拉克季昂诺夫(1779—1854),俄罗斯画家。
[②] 扎列玛,鞑靼民间传说中的朝霞女神,也常用作女性的名字。

和谐之子……

和谐之子——亚历山大体的诗行,
对我苍白的嘴唇而言,你是铜和金子。

我在无益的欲望中耗尽自己的才能。
对我而言,生活的喧嚣如同铁链的振响……

幸福在哪里?——唉,去年的雪在哪里……
但我依然热爱诗歌开阔的奔跑,

第四个贝恩①产生的忧伤的音乐
像天空洒下的阳光,突然将我照亮。

---

① 贝恩,一种诗格,一扬三抑的音步。

一朵云翻卷成球状……

一朵云翻卷成球状,
幸福的球在翻滚,
而在蓝色的鸽子后面,
玫瑰红的鸽子在飞翔。

这是天空逐渐在消逝……
孩子,你会不会忘记,
伸展两只翅膀飞行,
迎向阳光灿烂的世界?

"请给爱情一个名字吧!"
"我已无法为爱情命名。"
我那永恒爱情的名字
已在二月的雪地里融化。

我想起了你，我的坟墓……

我想起了你，我的坟墓，
我遥远的祖国，
那里有波浪的轰隆，柳树
遮蔽了险峻河岸的阴影。

丛林上空的夕阳。羊群
穿过一袭轻薄的雾幕……
亲爱的朋友，我什么都不需要，
我挣扎着来到这儿，歇一下。

老朋友啊！谁在哭泣？谁在幻想？
而我站立在这个河岸上，
看到我的爱情犹如夕光下的
云朵，燃烧并熄灭。

树木,船帆和云朵……

树木,船帆和云朵,
鲜花与彩虹,大海与飞鸟——
这一切愉悦你的眼神,直到
睫毛疲倦地垂挂下来。

彩色的帷幕已经落下,
能做的,唯有歌唱和回忆,
空荡荡的灵魂向前出发,
沿着伤心俄耳甫斯走过的足迹。

或者像得到了永久的判决,
如同女囚,休列卡和扎列玛,
在消隐的窗口旁边,在后宫里
芬芳四溢的奢华中呼吸。

看哪,淡蓝色的天空布满了星星……

看哪,淡蓝色的天空布满了星星,
但寒冷的太阳仍然在水的上空燃烧,
向西的大路在云彩的带领下
伸向晚秋般金灿灿的赫斯帕里德花园。

亲爱的,穿过一条荒凉的道路,
疲倦的我们坐在石头上甜蜜地休息,
芬芳的风缠绕我们的头发,西沉之前的
太阳用清凉的火焰濯洗我们的脚踝。

波涛将发出喧嚣,冲击沙砾的浅滩,
远方传来一支凄凉的渔夫之歌……
亲爱的,这一切都出自我对你的爱,
它高于温暖的风、波涛和海滩。

这忧伤、偏僻而肃穆的世界——只有我俩,
再无旁人,也无他物。你看哪:
微暗的太阳在颤动,有如鲜活的心脏,
有如陷入热恋的心脏,在胸中跳动。

而今我知道——一切是想象……

而今我知道——一切是想象，
我的苏格兰，我的忧伤，
含盐的波浪自由的运动，
猎人的号角和渔夫的歌唱。

秋天的风发出不安的呼啸，
冰凉的海水拍击海岸。
你们的流亡者，不爱任何人，
他永远也不会回来。

告别了这个悲伤的世界，
它被如此嫉羡地珍藏在记忆，
他不再转身，听到远方传来
低沉的号角声："别了，诗人！"

我倾听音乐……

我倾听音乐,不知道
风是否也倾听波浪,
我看见黄澄澄的月亮,
缓慢行走,抬起了犄角。

我记得暮色笼罩的国家,
乌鸦应和着竖琴聒噪,
有时,幻想的影子
默默地靠近了窗口,

眺望着落日。漫长的黄昏
仅仅是开始。多么寒冷!壁炉
幽暗地燃烧。老房子闷闷不乐,

而过去的一切,已经那么长久!
记忆发出喑哑的响声,恰似
仅对听觉而言不可理解的音乐。

玻璃瞬间的振响……

玻璃瞬间的振响,冰凉的水击,
手在颤抖,握紧了杯子,
镶有花边的窗幔与花园
在蓝色的窗户上轻轻摆动。

哦,缪斯!昨天,我打开霍夫曼①,
一直读到曙光来临。
你在附近飘拂,诗人的红脸颊女面包师
那长翅膀的妹妹。

即将来临的白昼酷肖云彩,
树枝轻盈的活动
再一次提醒,存在着欲望的颤动
和令人头昏目眩的幸福。

但簌簌的风翻动着树叶,

---

① 恩斯特·特奥多尔·阿玛迪斯·霍夫曼(1776—1822),德国小说家。主要作品有《谢拉皮翁兄弟》《跳蚤师傅》《胡桃夹子与老鼠国王》《雄猫穆尔的生活观》等。

仿佛魔法的威胁,

作为既往爱情被遗忘的馈赠,你

一闪即逝,干枯的玫瑰。

贫穷的盲人和残疾人……

贫穷的盲人和残疾人
越过了高山与大河,
高歌赞美亚列克西,
周围都是广阔的俄罗斯。

太阳在莫斯科上空升起,
太阳在伏尔加河背后落下,
月亮在鞑靼的喀山上空,
像一名被俘的土耳其女人。

警察局长的三套车飞驰,
工厂夜以继日地轰鸣,
从西伯利亚传来新的消息,
那第二次降临已经不远。

谁在预测,谁相信,谁又不信,
太阳升起了,又降落……
我们将度过繁忙的夏天,
晴朗的秋天已经崭露。

我的爱情……

我的爱情,它一如既往,
永远都不会背叛
你们,老式的风景,
树木、石头与水。

哦,淡红的水沫
在绿色的涟漪之上!
洛兰①的哈维港水手们,
你们都是我的酒友。

闲逛、幻想,多么美好,
一轮患抑郁症的月亮,
闪烁琥珀的金黄,
从水底升起在码头上空。

海岸摆着一排整齐的原木,
还有盗匪时常出没的小酒馆,

---

① 克劳德·洛兰(1600—1682),法国风景画家。

我自由地呼吸，仿佛
吸入了盐味的风和忧伤。

黑黢黢的渔网张开在远处，
一颗绿色的星星在闪烁……
这是我唯一的幸福——
树木、石头与水。

云朵在西方逐渐变黄……

云朵在西方逐渐变黄,
轻盈,犹如在蒙尘的版画上,
绿色的水面那灰色的反光
发自每一只独木舟。

街道上的喷泉尚未停息,
海军部的白杨仍然在喧闹,
但我看见,湿漉漉的茨藻天神,
仿佛渔网罩住了彼得保罗要塞。

夜降临了,美好而轻盈,
玫瑰红的黄昏浓缩进蓝色,
我仿佛觉得,这些云朵
在此刻用拉丁文装饰着铭文。

在夕光与玫瑰上空……

在夕光与玫瑰上空——
剩余的一切都一样——
在庄严的星星上空,
我们的幸福被点燃。

幸福折磨或者被折磨,
嫉妒或者遗忘。
上帝赋予我们幸福,
我们期待已久的幸福,
不存在其他之物。

一切其他——只是音乐,
反射的映象,魔法——
或者是蓝色的、寒冷的,
无限的、无结果的
一个世界性的庆典。

观望着火焰或者瞌睡……

观望着火焰或者瞌睡,
半梦半醒的醉态中——
你听,大地如何疾飞,
发出轻微、无限的响声。

你听,青草如何生长,
爵士乐队怎样喧闹在巴黎——
愈来愈迷糊的脑袋
垂下去,愈来愈低。

正该如此。脑袋靠着胸口,
伴随大海或花园美妙的沙沙声。
正该如此——永远睡去,
什么东西都不再需要。

蓝色的黄昏……

蓝色的黄昏,安静的风,
(亲吻着这对纤手)
在红到边际的天空上,
行将燃尽,奄奄一息……

在红到了极致的天空上,
鸟儿或者星星在飘浮,
(亲吻着这对纤手)
或许太早,或许太迟——

在红到边际的天空上,
安静地落入朦胧的暮色,
一无所知,恰似生命,
全然遗忘,宛如死亡。

灵魂僵硬……

灵魂僵硬。一天比一天僵硬。
"我要死了。救救我。"没有回答。
我还会仔细聆听树枝的喧响,
还会喜欢影子与光明的戏耍。

是的,我还活着。但有何意义?
我已丧失了创造的能力,
无法收集散落的各种碎片,
去缀连一个美妙的整体。

没有背叛……

没有背叛。唯有寂静。
永恒的爱情,永恒的春天。

唯有蓝色项链的摆动,
唯有亲吻咸涩的滋味。

唯有蔚蓝的海洋,恰似一只
夜莺,正在为爱情而喧响。

在这些孩子的脚下。深邃的
大海没有背叛——上帝看着呢。

唯有忧愁和温柔,温柔到骨髓,
永恒的爱情,永恒的春天。

血液徒然在流淌……

血液徒然在流淌,
还有忧伤,忠诚也是徒然——
我的天使,我的爱情,
但生活毕竟是美好的。

树木轻松地喧响,
海鸥盘旋在我们头顶,
一轮巨大的海上夕阳
扔下歪斜的火焰……

面对即将死亡的人们……

面对即将死亡的人们,
应该把眼睛紧紧地闭上。
面对那些沉默不语的人们,
应该尽量和他们交谈。

星星不断地击打着冰层,
幽灵从地底下冒出来——
过于温柔的春天
过于快速地来临。

一旦触及庆典,
就要朝着庆典转化,
语词纷纷散落,
却不指示任何意义。

我聆听……

我聆听——历史与人类，
我聆听——流亡与祖国。

我在书本中阅读——仁善，虚伪，
希望，绝望，信仰，无信仰。

我发现了巨大的、恐怖的、温柔的，
彻底冰冻的、永远无望的东西。

我发现了记忆的丧失或磨难，
其中有永远失去意义的一切。

我发现——在时间和空间之外，
在可怜的大地上空，有非人间的光闪。

脉管被切开……

脉管被切开,黑色的血液在流淌,
天使像一只鸟,收敛起翅膀……

这发生在春天脆弱的冰层上,
时间是一九二〇年。

请伸手扶着我,否则我就会跌倒——
河面的冰层如此滑溜。

晚霞逐渐在宽阔的涅瓦河上燃尽,
宫殿被冻僵,桥梁逐渐变黑——

这发生在数千年以前,
那么长久,你已彻底忘却。

这不过是蓝色的焚香……

这不过是蓝色的焚香,
这不过是一个梦中梦,
星星在空旷的花园之上,
玫瑰在你的窗台上。

这就是在那尘世间
被人们叫作春天的东西,
在清凉的深渊上空,被称作
清凉的光与寂静的东西。

黑色的船桨划得更宽大,
蔚蓝的瞑色更纯洁……
这就是在那尘世间
被人们叫作命运的东西。

你只是把眼睛合上片刻……

你只是把眼睛合上片刻,
伴随一口凉气,就吸进了
某一首来自远方的歌曲,
某一种令人惊惶的战栗。

没有了俄罗斯,没有了世界,
没有了爱情,没有了欺凌——
在太空置身蔚蓝的王国,
一颗自由的心在飞翔。

很好,没有了沙皇……

很好,没有了沙皇,
很好,没有了俄罗斯,
很好,没有了上帝。

只有黄色的霞光,
只有被冻结的星星,
只有数百万年岁。

很好——什么人都没有了,
很好——什么物都没有了,
如此黑暗,如此死寂,
再也不会更加死寂,
再也不会更加黑暗,

没有任何人能够帮助我们,
我们也不需要任何帮助。

1913 年……

1913 年，我们根本不知道
我们将遭遇什么，等待着我们的是什么——
酒杯里盛满了香槟酒，高高地举起，
我们快乐地迎接——新的一年。

如今我们已经年迈！多少年过去，
多少年过去——我们毫无觉察……
可是，哦，我相信，没有人会忘记
那种死亡与自由的空气，
还有玫瑰、葡萄酒，那个冬天的寒冷。

或许，透过铅一般沉重的黑暗，
死者的眼睛也是这样
盯视着永远失落的世界。

徘徊在尘世间多么寒冷……

徘徊在尘世间多么寒冷,
但躺在墓穴中更寒冷。
你要铭记,铭记这一点,
不要去诅咒自己的命运。

你要继续阅读勃洛克,
你要继续向窗外眺望,
你应该不知有什么大限——
一切不明朗,一切很残酷,
一切注定会永远消亡。

诚然,生命非常美好,
诚然,死亡十分恐怖,
它极度丑恶,令人震惊,
但对任何人都一个价码。

你要铭记,铭记这一点:
"生命的每一滴,光的每一点。"

"堂娜·安娜!没有回应。
安娜,安娜!无限的寂静。"

我们漫不经心地徘徊在街道上……

我们漫不经心地徘徊在街道上，
我们盯视女人，在酒吧闲坐，
但我们找不到真正的词语，
而我们并不想要大致相近的东西。

又有什么办法？重新回到彼得堡？
重新恋爱？或者炸掉歌剧院？
或者更加简单——躺到冰凉的床上，
闭上眼睛，永远不再醒来……

为什么我们仰望美丽的空中天堂……

为什么我们仰望美丽的空中天堂，
仿佛在仰望天堂的大门，
每个瞬间都在死去，随后复活，
然后为的是又重新死去。

为什么，内陆的蔚蓝色冬天
那一缕轻盈而庄重的空气
给出许诺——某处，或许在星辰中——
我们将获得幸福。

令人厌倦地挨过令人厌倦的日子，
头颅变得沉重，在它的上空
夕阳泛起绯红——哦，或许，最后一日——
会变得更加温柔，更加温柔，温柔……

激情?倘若连激情都不存在……

激情?倘若连激情都不存在?
控制力?倘若连控制
自己的力量都不存在?

我又能够拿你怎么办?

只是你别再仰望星空,
别再忧伤,也别坠入情网,
别再阅读动听的诗歌,
别再为追求幸福而纠结——

不存在幸福,可怜的朋友。

幸福从手中滑落,
像一粒石子掉进大海,
像一尾金鱼溅起水花,
像一块流冰漂向南方。

不存在幸福,我们也并非儿童。

这就需要有所选择——
或者活着,像世间所有人一样,
或者去死。

多么愁闷……

多么愁闷,但仍然愿意活下去,
而在空气中弥漫春天的气息。
我们又一次做好准备,为幸福
支付适当的代价。

而人们在呼喊,整个机组在飞翔,
超音速飞机闪烁着火光——
而一轮温柔的粉红色巴黎夕阳
展开了一个阔大的影子。

多么忧伤,朋友……

多么忧伤,朋友。风儿从海上吹来,
更加温柔,更加甜蜜。黯淡的星光。
多么忧伤,朋友。而更加忧伤的是,
这世界上不再有任何希望。

这已不是浪漫主义。那里是怎样的
苏格兰!你看:在黑色的椴树中间,
有一颗巨大的星星在闪烁,
它正述说着死亡。

安谧的夜晚,弥漫着玫瑰的芳香。
风儿从海上吹来,双手交叉在胸口。
请向不朽之星呆滞的眼神
投去你的最后一瞥。

我无法入睡……

我无法入睡。点燃蜡烛?
但是找不到火柴。
整个世界沉默,我也沉默,
我看着清亮的月光。

我在想,在这寂静里,
会有无数双眼睛,
在这安静、明媚的时辰,
将目光集中注视着这月光。

月亮多么无聊,或许,它
应该飘浮到我们头顶,
给别的窗户镀上银光,
并俯瞰同样多的眼睛。

一百年之前,一百年之后,
这世界是同样的情景——
狗在吠叫,还有
幻想者在看着窗外。

在大地的上空……

在大地的上空,月亮
迟疑不决地升起来。
黑色的树枝摇摇晃晃,
弥漫着春天和青草的气息。

略带颓废的天空
被浅绿色的火焰所笼罩,
倒映在湖面上,
在湖底打着寒战。

尘世的一切依然如故,
月亮像往常似的升起来,
普希金曾经抵押庄园,
曾经对妻子心生醋意。

唯有他才能领会的音乐,
那朦胧而美妙的音乐,
竟然纠正不了任何错误,
竟然给不出任何帮助。

尘世间开放的所有玫瑰……

尘世间开放的所有玫瑰,
所有的夜莺,所有的白鹤,

黑色墓穴里一只蜡制的手,
所有的船帆,所有的云彩,

所有的驳船,所有的名字,
哦,这一个被上帝遗忘的国家!

黑色天使就这样缓慢地落进了黑暗,
提坦巨人就这样像黑影坠向深渊,
你的心脏也曾经就这样被揪下——
穿过玫瑰和夜,冰雪与春天……

这是月亮在天空中飘浮……

这是月亮在天空中飘浮,
这是小船在波浪上滑动,
这是生命在靠近安谧,
这是死亡向我们微笑。
小船脱离了码头,
把她带走了,带走了……
这是童年和最初的幸福,
这是童年和你的幸福。

是的——那是被叫作爱情的东西,
是的——那是被称作希望的东西,
是的——那是如烟如血的东西
在亮晶晶的雪地上流淌。
……松树的枝干——它们簌簌作响:
"亲爱的朋友,等一下,等一下……"
这是幽灵站在了床榻前,
鲜花紧紧地压住了胸口。

星星的永恒正在临近,

花岗岩散成了碎屑，
无限性，唯一的无限性
在僵冷的世界里振响。
这是音乐告别了世界，
而永远不告别生命。
这是音乐照亮了道路，
已逝的幸福正在飞翔。

俄罗斯是幸福……

俄罗斯是幸福。俄罗斯是光明。
而或许,俄罗斯根本不曾存在。

涅瓦河上空的落霞不曾燃尽,
普希金不曾在雪地上死去,

既没有彼得堡,也没有克里姆林宫——
唯有雪花,雪花,田野,田野……

雪花,雪花,雪花……长夜漫漫,
而雪花永远都不会融化。

雪花,雪花,雪花……长夜漆黑,
而长夜永远都没有尽头。

俄罗斯是寂静。俄罗斯是尘土。
而或许,俄罗斯——仅仅是恐惧。

绞索,子弹,冰凉的黑暗,

还有丧失了理智的音乐。

在尘世间无名的事物上空,
是绞索,子弹,苦役犯的曙光。

一个词接一个词……

一个词接一个词,一句接一句——
全部为了你,一只羸弱的手。

玫瑰与哀怨——全部为了你。
子夜。闪光。对命运的顺从。

子夜。闪光。你遗世独立。
你是寂静,你是霞光,你是春天。

你冰凉,犹如永恒的静谧……
一个词接一个词,一句接一句,

一滴接一滴——血和水——
终归落进你蓝色的永恒。

我已不再需要音乐……

我已不再需要音乐。
我再也听不到音乐。

让它像一堵黑色的墙壁,
朝着星星自行升起来,

让它像一道黑色的波浪,
悄悄地自行散成碎末。

音乐改变不了什么,
音乐给不出任何帮助,

它只会哭泣,发出金属的声响,
蛊惑人心,然后躲进黑夜……

星星闪着蓝光……

星星闪着蓝光。树木摇晃。
黄昏是黄昏。冬天是冬天。
一切已被告别。再没什么可道别。
音乐。黑暗。

我们都是英雄,我们都是叛徒,
我们同样相信所有的言语。
怎么啦?我亲爱的同时代人,
你们快乐吗?

既不用神祇闪光的名字……

既不用神祇闪光的名字,
也不用大自然幽暗的名字!
……仍然在河的两岸,
树木发出喧响,水在泼溅……

世界在淌油,如同一根蜡烛,
而火焰烤焦了手指,
响起了不朽的音乐,
它得到扩展并无限惆怅。
黑暗——不再是黑暗,而是光明。
是呢——不再为是,而成了非。

……而不可能从坟墓中再起身,
也不可能归还以往的自由——
既不用神祇闪光的名字,
也不用大自然幽暗的名字!

这片雾障,它十分美丽,
它与光亮非常相像。

其中,存在着善与恶,善与恶
那不可分割的融合。
存在着善与恶,善与恶
那煅烧到白热化的意义。

唯有星辰……

唯有星辰。唯有蓝色的空气,
永恒、冻结的蓝色空气。
在你的头顶,在我的头顶,
雷雨的蓝色空气,星光闪烁的空气。

安静,安静。在北极圈以外
长眠,双手无法掰开,
与忠实的朋友,永不分离的朋友,
与死去的朋友一起——死去的朋友。

他们共同安息,他们同时得福……
安静,安静。别再呼吸。
这仅仅是荒凉花园上空的星辰,
唯有你灵魂深处的蓝光。

闪光……

闪光。每个深夜的十二点钟,
爬出坟墓。
一切——是趴在孩子肩膀上的黑玫瑰。
还有温柔,还有怨恨。

还有忠实。哦,忠实值得信任!
香槟酒让眼神变得迷离……
还有音乐。唯有它,
唯有音乐不会欺骗。

哦,这一切都是夜籁的沙沙响,
哦,这一切曾经出现过——
在俄罗斯森林蓝色的远方,
在夕阳那肃穆的忧伤中……
闪光。闪光。十二点钟。
报应。

幸福,大雪已将你覆盖……

幸福,大雪已将你覆盖,
带回到数百年以前,
撤退进永恒的士兵
用靴子将你踩成粉末。

唯有在新年的暮色中,
白色的音乐拍打着翅膀宣布:
"我是希望,我是生活,我是自由,
但我已被大雪覆盖。"

哦,我的灵魂……

哦,我的灵魂,哪会有别的可能!
莫非你正在等待生活将你原谅?
这仅仅在童话里:灰姑娘开始痛哭,
仁慈的森林簌簌作响……

不论怎样,灵魂绝不能忘恩负义,
不论怎样,你都别哭泣……
在恶之世界黑色的上空,
北极星的光环高高地闪烁,
而你的死亡是如此残忍、单纯,
严酷而灿烂。

唯有深色的玫瑰在摇摆……

唯有深色的玫瑰在摇摆,
花瓣散落在胸口上。
唯有睡眼蒙眬的永恒醒来,
为的是再一次进入梦乡。

船帆向着北方漂浮而去,
火车朝着南方飞驰,
穿越星星、棕榈和三叶草,
穿越悲伤与幸福,我的朋友。

反正一样——别伸出双手,
反正一样——无可救药。
唯有别离之蓝色波浪,
唯有一个蓝色的单词"别了"。

火车头四下喷发着烟雾,
船桨划动着,消失……
唯有永恒,像一朵深色的玫瑰,
散落成世界之恶。

一个人的灵魂……

一个人的灵魂。从来
不曾像现在这样。
它忧伤地仰望天空,
焦躁不安,凶恶而傲慢。

正在弥留之际。十分清楚,
这灵魂即将燃烧殆尽——
轻盈、圆满、完美,
不朽、美好、光明。

闪光。一个人的灵魂,
犹如天鹅,忧郁地歌唱,
张开宽大的翅膀,
在黑色世纪的风暴之上,
飞向没有星光的天空。

在黑色命运的风暴之上,
飞向闪光。反正来不及了……
留下一串烟雾……留下踪迹……

挺起了胸膛歌唱,
哪怕已没什么可唱。

镜子们相互映照着对方……

1

镜子们相互映照着对方,
相互歪曲着对方的形象。

我相信的并不是恶的不可战胜,
相信的只是失败的不可避免,

并不是点燃我生命的音乐,
只是由于怜悯而残剩的灰烬。

2

命运的游戏。善与恶的游戏。
智力的游戏。想象力的游戏。
"镜子们相互映照着对方,
相互歪曲着对方的形象。"……

人们对我说——你赢得了这场游戏!
可反正都一样。我再不会参与这游戏。
假设如此:作为诗人,我永远不死,
因为呀,作为一个人,我逐渐在死。

请告诉我,去年的雪在哪里……

请告诉我,去年的雪在哪里?……
难道阿尔卑斯山几乎不融的雪,
已经作为纯洁的牺牲品奉献给春天,
像四月一样转向水的泼溅与奔波,
在蒲公英与玫瑰的呼吸中,
成为汹涌的世界那明亮的巨浪,
难道已进入诗歌,涉足毫无意义的问题,
维庸曾经向诗歌提过的这个问题?

死者正在复活……

死者正在复活,
我们的祖与父,
远祖和高祖。

冲向生活,犹如雏鸟,
飞出讨厌的鸟笼。

城市将灭绝,
还有农夫与绅士,
老人与孩童。

透过枯干的树枝,
一颗星俯视着世界。

他入睡了……

他入睡了,由此梦见了奥菲利亚,
她躺在沼泽火焰中,在婚仪的烟雾中。

她漂浮,仿佛一条音乐的曲线,
倒映在镜子中,恰似一个梦。

萤火虫绕着她飞舞,如同光环,
矢车菊在她身后盛开,犹如森林……

……多么单纯的痛苦!灵魂可以奉献,
但毕竟不能把幻梦来传递。
他知道,死亡已站在身后,
没有什么可忧愁,没有什么可幻想……

日子转化成自己的映象……

日子转化成自己的映象,
转化成精疲力竭,头晕目眩。

日子转化成星星和音乐。
或许,世界将永远停止?

有某种过去与我相像的东西,
同样在湖畔,同样在春天里,

同样在蓝色与淡红的黄昏……
……奇怪的是,我比以往更年轻。

而人们……

而人们？人们与我何干？
走过一名农夫，牵着一头公牛。
坐着一名女摊贩：胸脯，脚踝，
小头巾，圆滚滚的腰部。

自然呢？这就是它，自然——
时而降雨，寒冷；时而暑热。
一年四季都有烦恼，
就像蚊子飞舞嗡嗡叫。

不错，也存在一些消遣：
贫穷之恐惧，爱情之苦恼，
艺术那甜蜜的冰糖，
最后，还有自杀。

创造了一半的形象……

创造了一半的形象,
不曾说完的絮语,
半个生命,半份疲倦——
这是留给我的一切。

如同奖赏,我接受
滑过花园的阴影,
四月向五月的过渡,
如同礼物,我接受。

作为对我罪愆的奖赏……

作为对我罪愆的奖赏,
就是耻辱和庆典,
突然,诗歌现身了——
你看,就这样……从虚无中……

一切都是如此这般,
或许就是那么神奇:
玫瑰花怎样落到胸口……
"请把玫瑰花扔向我!"

不,最好向云彩扔去——
那里韵脚在闪亮,
触及一朵易朽的小花,
让它转入永恒。

寒冷……

寒冷。在这个国家的黄昏时分,
我的朋友们牺牲,敌人在庆祝。
在空荡荡的天空上,我梦见
黑色的十字架之上闪烁白色的星。
  哦,听不到人声与脚步,
  或者说几乎听不到。

这个国家蓝幽幽的黄昏……
不论哪个方向——你看到的都是雪。
生命被摆放到了天平上,
我发现,我不再那么珍惜生命。
  我已不再惧怕黑夜时刻,
  或者说几乎不再惧怕……

安谧的黄昏……

安谧的黄昏，安谧的花园，
云彩倒映在水池上。

天使把星星带往无限，
不慎让它掉进了池塘……

千疮百孔的屋子矗立着，
沼泽似的池塘沉默着，
池塘的青蛙也很快就要死去。

你曾经在高空照耀过我，
而今却躺在了水底的烂泥潭。

每一个夜晚……

每一个夜晚,雷雨
都不让我入睡。
玫瑰凋谢,
又再度开放。
恰似永恒春天
在世间降临,
恰似一场战争
绽放如玫瑰。

宇宙性的寂静
蔚蓝的幽暗。
这个家从来
没有如此安谧。
这一片土地
从不曾如此古老,

……乡村的寂静,
白杨树,田野。

聆听树枝的
温柔、细小的喧声,
婆娘们等候
阵亡的儿子:
年迈时,每个人
需要一个支撑,
但如今啊,战争
很快就要结束!

有个意念古怪而不贞……

有个意念古怪而不贞,
但毕竟,生活仍然屹立
在迷雾中——抬起迷离的眼睛,
张开两只天鹅的羽翅。

但毕竟,暗影还在摇曳,
直到蜡烛燃成灰烬。
但毕竟,琴弦虽已崩裂,
仍回旋着茫然幸福的余音……

甚至丧失了对过去的信念……

甚至丧失了对过去的信念,
我的朋友,既不向这,也不向那,
在华托画作蓝色的闪光中,
我们朝着齐特尔岛漂去……

忧愁观赏着月光下的风景,
死亡宛如白帆,在船尾喧嚣……

……我们无法跟任何人述说,
我们永远不可能回家。

没有什么要退还……

没有什么要退还。为什么要退还?
我们被教会不再爱恋,不再原谅,
却永远没法学会忘却……

别人的国家正在甜蜜而安谧地沉睡。
大海冷漠地喧哗。春天降临
这个世界,而我们正在这世界上痛苦。

在融雪与坚冰的临界点……

在融雪与坚冰的临界点,
有一颗绿莹莹的星星。

在音乐与梦幻的临界点,
半个冬天,半个春天,

新郎急切地冲向新娘,
星星降落在他们头上,

穿过雪花制成的婚纱,
进入亮闪闪的空无。

你——就是我,我——就是你。
词语温柔。心灵空寂。

我——就是你,你——就是我
行走在虚无那脆弱的薄冰上。

梦游者盯视着空寂……

梦游者盯视着空寂，
光亮支配着他，
死亡自下面泛黑。
甚至无法去猜测，
沿着月光下的飞檐，
他滑动着移向何方。

世界之夜，刽子手
枪杀那些无辜者——
你千万不要再留意！
盯视着冰凉的虚无，
在光亮中去领悟，
那些高于理解的事物。

夏日的黄昏透明而笨重……

夏日的黄昏透明而笨重,
彩虹升起,恰似一片西瓜皮,
小鸟蜷缩——是有翼的鹅卵石……

巡回派画家也如此仰望天空,
艺术的乐天派和禁欲者。

他是对的。我和你是错的。
你要爱惜颓废派的毒药:
"天堂的星星",歪曲的光线,
享受可疑的荣誉带来的欣悦,
为此承受不可避免的报应。

这轻率冒失的幸福是否值得……

这轻率冒失的幸福是否值得?
反正都是可能的幸福?哦,当然。
这幸福小鸟般飞向绿宝石似的天空,
黄昏的星星发出婉转的啼鸣。

请变得更轻率一些,更加轻信一些!
倘若你们无法入睡——请虚构出梦幻。
倘若可能,请像黄昏的星星一样,
那么令人陶醉,那么冷漠淡然。

风再静一些……

风再静一些,小雨再含混一些,
而一切事物只有一个答案:
海船看到了陆地,
死者看到了光线。

我是如此不堪忍受
日常生活的苦恼。
小雨,我喜欢你,
为这有节奏的寂寥。

砰砰击鼓,砰砰击鼓,
砰砰击鼓——就这么着,
而等到彻底疲倦,
我也就倦于忧伤。

实际上——我非常胆怯:
没有比恐惧更糟。
我就这样丧失了灵魂,
就这样看不到光照。

夜猫子在屋里独自徘徊……

夜猫子在屋里独自徘徊,
时而露出笑容,时而叹息,
时而在那张写作的书桌上
弯下自己羸弱的脊柱。

划亮火柴再扔掉。品一口茶,
开始想入非非做白日梦。
……不能评述,说我感到寂寞。
不能评述,说我活着。

不要抱怨,不要惋惜,
不要回忆,也不要忧愁。

……尸体也这样躺在沙滩上,并不腐烂,
而孩子也是如此等待着诞生。

倘若活着……

倘若活着……那就只能活下去……
哪怕在铸造厂里做一名工人。

哪怕做一名拖着沉重丁字镐的挖煤工,
哪怕在伏尔加河沿岸做一名纤夫。

"哎哟嗨,船夫曲!……"一切是幻梦。
你的双手任何人都不需要。

这样的肩膀什么都扛不起。
意味着,没有什么可抱怨上帝:
有小烟斗。也有伏特加。
小酒馆里,大家的人格都一样。

与非人性的命运……

与非人性的命运有什么
可争论？怎样的战斗呵？
这一切全是幻象。
但这一个蓝色黄昏
还是我的领地。

哦，天空。树枝间是红色，
但在树梢处却是珍珠色……
夜莺在丁香树间啼啭，
蚂蚁在小草丛中爬行——
某个人需要这场景。

好吧，甚至还有需要的，
我呼吸新鲜的空气，
我那件破旧的大衣
在左边注满夕阳的余晖，
却在右边淹没于星光。

东方的诗人们歌唱……

东方的诗人们歌唱,
赞美鲜花与声誉,
费尽心机地猜测,
我们无法抵达的事物。

但这个朦胧的谜底,
半是幻想,半是赞美,
全部是甜蜜的渲染,
比毒药更凶险。

海亚姆的夜晚在闪光,
波斯的夜莺在啼唱,
而玫瑰编织一个大坑,
坑内落满坟墓的蛆虫。

或许,这是最高的傲慢:
时而快乐,时而抑郁,
透过手指可以看到现代性,
最主要的就是——沉默。

艺术谎称的东西……

艺术谎称的东西,
根本无法揭示的东西,
心灵所珍藏的东西——
永恒的光,鲜活的水……

其余的全都是废话。
围绕燃烧蜡烛飞旋的
是蚊虫与蛾子,
为各种人事而忙碌,
无论智者还是傻子。

最终,任何一种命运……

最终,任何一种命运,
可以成为我的命运。
我望着蓝幽幽的黄昏,
因为冷漠而苦恼不堪。

在许多世纪温柔的冲撞下,
小房屋有点向右倾斜,
再远一点,就是春天、
夕阳和云彩的寂静与荣光。

蟾蜍在寂静里一声长叹……

蟾蜍在寂静里一声长叹。
一位村妇走出了篱门,
戴着印花布的头巾。

心脏低弱、低弱地跳动,
仿佛在远方。

明媚的天空寂寥,寂寥。
月亮翻滚着,
犹如一棵饱满的卷心菜。

而艺术的荒谬,
彻头彻尾地显露……

这样的布告更经常地出现……

这样的布告更经常地出现:
同团的战友与家庭成员,
再一次表示出深切的悔意……
"今天是你,而明天将是我!"

我们轮流着——死去——
有人在早上,有人在傍晚,
我们一个挨着一个,并排
躺进丘陵般起伏的坟墓。

不可思议到可笑的地步:
曾经完整的世界——不复存在……

突然——没有了冰的漂浮,
没有了伊万诺夫大尉,
一下子成了绝对的虚无!

吹起满街的刨屑……

> 因为施么？没有人知道缘攸①。
>
> ——冯维辛

十一月冰凉的风儿
吹起满街的刨屑。
"您是俄罗斯人？"明白，俄罗什人。
硕大的鼻子。可笑的头巾。

他有妻子与子女，
自己的理想与灾难……
活在这世间多么无聊，
多么令人烦闷，诸位！

午餐，睡觉，拉肚子。
小偷小摸。"谁不曾偷盗呢？"
……那个有着长鼻的果戈理，
如此长久、恐怖地忍受死的折磨……

---

① 此处引自冯维辛（1745—1792）改编的法国喜剧《科利昂》，故意用不正确的单词来表达一个没文化的农民的用词。本诗正文中的"俄罗什人"也是故意设计的。

你若有所思……

你若有所思,陷入幻想,
手里的钓竿抖动一下——
一条金色的小鱼
被钓上了银色的鱼钩。

如此短暂,如此美妙——
太阳,风儿与溪水,
鱼儿甚至觉得小溪狭窄,
它甚至觉得需要一场灾难:

需要天空为之消失,
小舟向溪水表示亲热,
希望食用油温柔地
在平底锅上沸腾。

重又是大海……

重又是大海,重又是棕榈,
重又是石竹花,沙滩,
重又是这只小鸟
那谄媚而忧伤的细嗓音。

我从来不曾见过它,
不知它长什么样子。
是谁一直在欺凌它,
为什么?它自己是否正确?

它的身体硕大还是娇小?
它喜欢沙粒还是海水?
或许,它根本不是一只鸟,
而是来自地狱的一个声音。

我喜欢的，是我不曾拥有的东西……

我喜欢的，是我不曾拥有的东西，
我十分想做的，是我做不了的事情。

对我而言，我的脸，步态，甚至幻梦
都令人眩晕地无聊、窒闷。

"怎会这样？请允许问一下……发生什么事了？"
"唉，我亲爱的朋友，请把我留在安静中吧！……"

春天即将隆重地结束……

春天即将隆重地结束,
玫瑰犹如在伊甸园开放,
大海之上有闪光和寂静,
光亮里闪现白帆与海船。

这春天它是否会知道,
我不可思议的祖国,
只是苦役般土地的一粒盐?

可是,盐粒到处都一文不值:
洒落——被小扫把清除。

如今,我已腐烂……

如今,我已腐烂,蛆虫们开始啃噬
我的骨骼,吃到精光就远远地走开,
无论想害我的人,还是想帮助我的人,
都不曾预料到我身上发生的事情。

可爱的朋友们,我不值得被蔑视,
迷人的敌人,你们无法给我帮助。
双重视力的天赋已经毁弃了我的生活,
但甚至是蛆虫也忽略了这天才,呜呼!

桂竹香……

"桂竹香"——有点像中提琴,
有点像抑郁症,有点像松香。
幻觉被归入埃俄罗斯①,
仿佛归入白色——沉默与痛。
呵,服从与韵脚的专横,
我反正都一样——口令或国王②。

诗歌——最精密的科学:
镜子与镜子相互映照,
被音乐之毒浸染的
一支利箭飞离了弓弦,
射进虚空,比声音更迅疾……

"……让我留下。寂寞已为我织就眠床!"

---

① 埃俄罗斯,古希腊神话中的风神。
② 在俄语中,"口令"(пароль)与"国王"(король)有一样的后缀和近似的发音。

经历了这生命的荒谬与温柔……

经历了这生命的荒谬与温柔,
仿佛顶着一场温暖的雨水,
我们知道——前面有不可避免性,
但我们并不期待它的出现。

从凛冽刺骨的世界中醒来,
我们突然看见——它已经来临,
仿佛万里无云天空的一颗彗星,
一个灿烂的恶之女信使。

旋律变成一朵小花……

旋律变成一朵小花,
它不断开放,不断凋零,
化成一阵风,一片沙滩,
一只春天的蛾子,扑向火焰,
柳树的细枝轻点水面……

数千年过去,犹如倏忽即逝的瞬间,
而旋律又开始转化,
变成沉重的眼神,闪烁的肩章,
变成马裤,骠骑兵的披肩,变成"阁下",
变成近卫军少尉——哦,怎么能不呢?

迷雾……塔曼①……荒漠聆听上帝。
"距离明天怎么如此遥远!……"

莱蒙托夫独自一人踏上旅途,
银色的马刺铮铮作响。

---

① 塔曼,俄罗斯克拉斯诺达尔边疆区的一个半岛。莱蒙托夫的小说《当代英雄》曾有一章以"塔曼"为题,描写毕巧林与一位美丽少女的奇遇。

花楸果和马林果的中间色调……

(致弗拉基米尔·马尔科夫)

花楸果和马林果的中间色调,
徒然在苏格兰大地上播撒,
在阿莉娜郁郁寡欢的命名日,
在黄铜泛起淡蓝的金光中,
生活闪现令人惊讶的笑容,
培植鲜花,同时枪杀俘虏,
走进圆柱林立的科林斯城做客,
只为在心上人的怀抱累到虚脱。

被西徐亚人套住的胆怯小鹿,
旋律,哀歌,埃夫列卡①……
一辆没抹润滑油的大车翻滚而过,
在超验的平面上嘎吱作响。
一片夜雾笼罩着格鲁吉亚。
雅典正值子夜。五峰城有雷雨。

……最好就死去,不会再记得,
玫瑰花曾经多么美丽,多么鲜艳。

---

① 埃夫列卡是普希金一首同名抒情诗的主人公。

太阳沉落……

太阳沉落,光色消逝,

空旷的天空纯净而明媚,

一朵孤独的云飘浮,

仿佛橄榄油里的一条沙丁鱼。

并不是特别重要的一条,

同时,它不需要任何人,

但毕竟,那是一朵可爱的云,

我将把你带进我的心。

它蕴含一切可能的废料,

有许多音乐,很少的智性,

一名丽人①主宰着它,

她究竟是谁——你自己能看见。

---

① 俄国象征主义诗人勃洛克(1880—1921)曾出版诗集《丽人吟》,塑造了一个纯洁、高贵的丽人形象。

就这样，做着琐碎的小事……

就这样，做着琐碎的小事——
从事买卖或者剃头的营生——
我们用孱弱的双手
创造了一个神奇的世界。

我们像云彩一样升向高空
　——赶赴天堂居民的盛宴——
我们用孱弱的双手
摧毁了这一个世界。

经过了那些迷蒙的岁月，
我们就这样错综杂乱
时而呼吸自由那发霉的气息，
时而呼吸监狱自由的寒意。

我们杂乱地应对一切——
傲慢地对待它们——
那些赞美，那些嘲笑
都来自自己的同时代人。

俄罗斯甚至没有珍贵的墓地……

(致罗曼·古利)

俄罗斯甚至没有珍贵的墓地,
或许,也曾经有过——只是我已忘却。

没有彼得堡,没有基辅,没有莫斯科——
或许,也曾经有过,但已被忘却,呜呼。

我不知道国境线,不知道海洋,不知道河流。
但我知道,那里还生活着俄罗斯人。

他拥有俄罗斯的心灵,俄罗斯的智慧,
倘若我与他相遇,我一定能心领神会。

只要半个单词就……然后呀,透过迷雾,
我就能辨认出他的家乡。

我再度找到了诱惑……

我再度找到了诱惑,
在偶尔出现的琐屑中,
在冗长的无名长篇小说中,
在这朵枯萎于掌心的玫瑰上。

我喜欢的是,在波纹织物上,
雨点的银珠微微颤动,
我在人行道上找到这朵玫瑰,
又随手扔进了泔水桶。

一半的怜悯……

一半的怜悯。一半的厌恶。
一半的记忆。一半的感觉。
一半的未知事物,
我的半件大衣……

我的半件大衣?这可算是怎么回事!

小汽车差一点撞到我
疾驰向远方,扬起一阵灰土。
开始擦拭,弄脏了双手……

我迄今还不曾习惯烦闷,
这世界性的烦闷!

我行走……

我行走——思考各种事情,
给自己编织祭奠的花圈,
在这个丑陋无比的世界,
我仪态优雅地孤独。

但我突然听到:战争,思想,
最后的战斗,二十世纪……
我感到一阵凉意,醒悟:
我已不再是人,

而白痴的癫痫症,
是自然徒劳的造物——
"乌拉拉!"出自爱国者的大嘴,
"打倒!"出自暴乱分子的喉咙。

尘世的一切并不是灾难……

尘世的一切并不是灾难,
尘世的一切只是无稽之谈,
尘世的一切即将中止——
最为真实的,是告别,
我最尊贵的先生们,
永远和这个世界告别。

当然,你也可以不死,
做一个下流胚活着,
做温柔的丈夫和父亲,
装模作样,吃喝玩乐,
最终成为一名出色的死人。

意识如同海洋……

意识如同海洋,不可能沉默,
努力自我克制,但无法克制住自我,
依然扑向一切并回答一切,
为一切而惊奇,为一切而兴奋。

从清晨开始便头晕目眩,
这头晕目眩持续了整个夜晚,
于是——等待已久的幸福成为现实:
你的吸引力顷刻变得虚乏。

……曾是蓝色的黎明。入睡得如此幸福,
呼吸得如此甜蜜……
于是,重新开始
闪光,亢奋,骚乱,动荡。

花园在白雪的闪光里伫立……

花园在白雪的闪光里伫立,
簌簌响动的风儿就像潮湿的叹息。

"让我和你来谈一谈最重要的事情,
最恐怖的事情,最温柔的事情,
和你谈一谈不可避免的事情:

你毫无知觉地让生命流逝,
你毫无意义地幻想和忧愁",
而结果,它突然就这么结束……

我听完这一番话语,默不作答,
当然,它也并不期待回答。

一切是雾……

一切是雾。我徘徊
在无聊与晦涩之雾中,
而——无论饱学之士或不学无术者,
通常,我不去与他们讨论。

我已痊愈,获得了新生,
不再是格奥尔基·伊万诺夫,
而赋有了一点点人性,
充满活力,刷洗得很干净,
根本不曾受到厄运的关注,
不是随便遭遇的第一个——
反正有一个名字在那里……

星星在苍白的天空中闪烁……

星星在苍白的天空中闪烁,
星空倒映在水面显得更苍白。
云朵飘浮,宛如一只只天鹅,
还有远方一抹淡红的霞光……

疑惑飘浮着,也有如天鹅,
而闪光中的恐慌也逐渐消散,
不着痕迹地溶化在灵魂里。

而灵魂感觉甚好,打量着
我浑不知晓的庆典,
恰似热恋中的女人面对镜子。

摆脱了绳套的白马在徘徊……

摆脱了绳套的白马在徘徊,
白马啊,你要去向何方?
太阳闪烁。在花园里,
初春的战栗吹拂头巾与衬衣。

我啊,在某时告别了俄罗斯
(深夜里迎接北极的曙光),
我没有回头,也不曾停步,
但并未发现,居然一头
扎进了这闭塞的欧洲窟穴。

哪怕来点惆怅……但我没有忧愁。
我失去了生活,但保持了宁静。
我不断收到来自亡友的信,
哦,我将它们读过,就焚毁
在初春蓝幽幽的雪地上。

盛开的苹果花稀疏的暗影……

盛开的苹果花稀疏的暗影,
斜射的太阳苍白的光线,
又一次——什么都不知道,
就像零五年和一五年——

受尽折磨的心灵喜欢的是,
我能跟跟跄跄地回家,
一丝温柔的清凉
在苹果花盛开的果园里弥漫。

逐渐黯淡的黄昏时分……

逐渐黯淡的黄昏时分,
暮霭中的河流与栅栏……
什么联结着我们?我们所有人?
一种相互的并不理解。

我们所有的灾难和事务,
所有人毫无例外的生活……
它一个又一个世纪地流淌,
而我就是为这流淌裹挟而来——

来到这里,来到巴黎的市郊,
小男孩在挖松菜园子,
导线发出曼长的鸣响,
而第一颗星星胆怯地
穿过明媚的暮光显露出来。

在冰雪与消融的界限上……

在冰雪与消融的界限上，
静止不动与运动不息，
莽撞轻率和彻底绝望，
心搏过速，头晕目眩……

孤独之蓝色的夜晚，
生命撞击成碎片，
名字与父称消失了，
姓氏也飘浮不定……

神启浮现，恰似星星
自己圈出了光晕！……不能应验！……

诗歌:一种人工的姿态……

诗歌:一种人工的姿态,
星星魔法程式化的闪现,
人们微笑着说出"玫瑰"
并且战栗着寻思"箭毒木"。

谈论着天堂,呼吸着地狱
那痛苦的黑夜与恐怖的白昼,
通过在宇宙中生长的根须
吮吸甜蜜的毒药。

在光亮与丝绸中人几乎隐匿不见……

在光亮与丝绸中人几乎隐匿不见——
世纪中最殷勤之世纪的最殷勤的画家。

和谐?魅惑?放弃信念?全然不是。
没有人能够命名华托那透明的魅力。

仿佛花瓶中枯萎的玫瑰(上帝为何将它扯下?),
仿佛高加索的俄罗斯恶魔,悲愁在瓦朗谢讷①。

---

① 瓦朗谢讷,法国一城市名,华托最后在这里去世。

而今,你不会再被消灭……

而今,你不会再被消灭,
像那个疯狂的首领所期望的。
命运帮了忙,上帝帮了忙,
但是——俄罗斯人已疲倦……

他已倦于痛苦,已倦于骄傲,
不顾一切地倒向某地。
到了享受遗忘的时辰,
或许——也到了摧毁的时辰……

……没有什么能够获得新生,
无论头顶的是镰刀,还是雄鹰!

呼救了……

呼救了。但没有人帮他。
希望做祷告。但不能。
就此回家。哦,时辰已到!
再也无须苦等到天明。

而一个不幸的傻瓜恍然大悟,
仔细察看,绳索是否结实,
绝望地蹦进了一片黑暗,
并非那大地上美好的一切,
而是莫斯科肮脏的小酒馆,
侍者沾满油腻的燕尾服,
手风琴声调抑扬的胡话,
一段蜡烛头,一条走廊,
小门上有两个白色的零。

发式与衣装不断地变化……

发式与衣装不断地变化,
但我们的肉体还是老样子,
希望、激情与不安的智性照旧,
意志根本不想改变它们。

目盲的荷马与当今的诗人,
无名的诗人,为流亡所困的诗人,
守护一道——永不熄灭的——光,
掌握的是同样昂贵的知识。

而面对祈求着创新的愚民,
他说道:"没什么创新。但尺度是有的,
您让我觉得丑陋与可笑,
就像那个批评荷马的野蛮人!"

波浪发出喧响……

波浪发出喧响:"快些,快些!"
把轻快的小舟带进了毁灭,
韭葱泛着蓝色的茎干
钻出地面,升向红色的雾团。

山峰缭绕烟岚,枯木发出微光,
从四面八方围绕它们——
你有一个月光名字,罗蕾莱,
你举行葬礼的莱茵河子夜。

……我漫步在秋天的花园里,
点燃一支香烟,犹如点燃蜡烛,
我在生铁的长椅上坐下,
扔掉烟头,踩脚将它踩灭。

我喜欢没有希望的安谧……

我喜欢没有希望的安谧,
十月——盛开的菊花,
迷蒙的河对岸星火闪烁,
那燃尽贫穷的晚霞。

无名墓地的静谧,
"无词之歌"的老生常谈:
说什么安年斯基爱得狂热,
说什么古米廖夫耐心不足。

哦不,我不转向世界……

哦不,我不转向世界,
也不期待你们的认可,
我只是简单地用诗歌
来麻醉一下自己的意识。

我无动于衷地欣赏,
怀疑如何向外张开,
在木质化的光亮中,
痛苦如何与幸福融合。

倘若我能够忘掉……

倘若我能够忘掉,
倘若我如此倦怠,
以至于心脏不再跳动,
停止跳动呵,心脏,

最终——变得衰弱,
永远变成了石头,
但是,如莱蒙托夫所梦——
生命还在某处振动……

……那爱过的,尚未饮尽的,
那肉眼已经看不见的,
希望就在附近存在的,
非常之近,就在旁边……

我不再感到恐惧……

我不再感到恐惧。我很愁闷。
我缓慢地飞向深渊,
我也不记得你们的俄罗斯,
并且,我也不想记得它。

白桦,轻烟,小火星,
麦子抽穗的田野,
不再以平庸和甜腻的忧伤
引发的战栗进行回应。

那曾经有过的……

那曾经有过的,那曾经没有的,
我们曾经期待的,我们并不曾期待的,
一起在春季的天空闪现,
喧响而过,恰似一场急促的降雨。

这就是一切。什么都不曾发生。
生活,犹如从前,不紧不慢地前进。
在这四分之一分钟里,灵魂
徒然在光亮中迸发光彩。

我活得越长久……

我活得越长久,就越不清楚
我究竟想得到什么。
那么,就来沽名钓誉吧。
但是,用什么来支付?

有时,我幻想着赢得声名,
甚至会对此加以嘲笑,
我也不反对"进一步"出发,
但我依然担心。我意识到……

世间的一切都是机会……

世间的一切都是机会——
我摁住抽彩的按钮,
我赢得了一大堆钱币,
我当然要刮掉髭须。

因为——为什么呢,
富人需要有髭须?
仁慈的上帝,这世间
有许多购买的美:
尼龙绳,钟表,
还有略贵的小玩意。

这片森林甚至还有玫瑰在开放……

这片森林甚至还有玫瑰在开放,
甚至还有棕榈树生长——有点滑稽!
但是,多么奇怪啊——在法兰西,
我没在任何地方碰见过蛤蟆菌。

或许,气候也不是一个样——
很少有松树、白桦树和沼泽……
嗯,或许,它也不生长,
因为,它已不适合再生长,

从那时起,从遥远的时候开始——
……枯萎的云杉林,波罗的海,
寂静,虚空,蚊虫,
某种血液在弯曲的蛤蟆菌中流淌。

树叶飘落……

树叶飘落,飘落,飘落,
没有人能够阻挡它们。
因为颓败的花朵,因为坠落,
呼吸变得非常沉重。

在晨雾笼罩、水波泼溅的河面,
传来一支霞光灿烂的歌曲,
在美好的圣母安息节,
允诺一个糟糕的永恒之安宁。

莫非这种事发生得还少吗……

莫非这种事发生得还少吗?
莫非过去发生得还少吗?——
你看,有一朵云彩飘过,
飘过,像过去一样飘过,

树木,还有汽车,
青蛙在池塘里歌唱。
……今天,他们把我杀死,
明天,他们就会杀死你。

我在幸福的雾霭中想象一切……

我在幸福的雾霭中想象一切：
雕像，拱门，花园，苗圃。
美丽河流一浪浪幽暗的水波。

回忆的思绪一旦开始浮现，
意味着……一切都微不足道。

……我，驼背的病人，像一只野兽，
从洞穴爬出，走进巴黎的寒冷……

《可怜的人们》①——同语反复的例子，
这是谁说的？或许，就是我本人。

---

① 《可怜的人们》是陀思妥耶夫斯基的一部小说，中文通常译为《穷人》。

唯有幻梦不会骗人……

唯有幻梦不会骗人,
幻梦永远是解放:我们
秘密地、无望地
热爱着狱墙外的天堂。

乞丐梦想成为百万富翁。
流浪汉企望黄金成河,
我呢——我最终的幻想,
永难实现——那就是安谧。

必需的不久前尚存的一切……

（致 T. 杰列恩采耶娃）

必需的不久前尚存的一切——
椴树和古老花园的林荫道，
屠格涅夫在那里忧伤……必需的
　　曾经的一切，
白色的柱子，办公室和大厅——
屠格涅夫在那里忧伤……

他似乎觉得，
生活应该充满诗歌、音乐和绘画，
世界性的荣光不是取暖，而是闪光，
那里，农奴制金色的秋天
还不会很快就被暴风雪取代。

我们不再年轻……

我们不再年轻,但我们也还不老。
我们不是死者,但也不是活人。
我们正在聆听吉他的混合音,
聆听罗曼斯"致命的话语",

关于无记忆的茨冈女郎的幸福,
关于狂热的爱情与离别,
哦——作为回应——以战栗的手
举起盛满香槟酒的酒杯。干杯!

为无聊的荒谬!为失败!
为一切珍宝的丧失!
也为了可以用另一种方式生存,
也为了——再也不需要其他人!

全身是光……

全身是光,整个变幻不定,
仿佛陨落的星星之碎片——
你被抛进了我们的空间,
甚至星星也不认识你。

你飞翔——无去处,无来处——
命中注定会永远烦恼,
你否定不可能的奇迹,
却又担心将它放跑。

他人的灵魂——犹如黎明时的晨雾……

（致伊·奥[①]）

他人的灵魂——犹如黎明时的晨雾。
过路人从容不迫地瞅它一眼，
露出一丝微笑，继续向前赶路……

这一切发生在某个夏日的早晨。
太阳升起，蔷薇花盛开，
为了众人，为了你，也为我……

你可以记得上帝，也可以将他忘掉，
你可以永远毁掉自己的灵魂，
或者一直在拯救灵魂——

因为，这是蔷薇花开放的时间，
开放的花枝在花园里摇曳，
此刻，我正与你漫步于花园。

[①] 伊·奥，诗人妻子的名字伊琳娜·奥多耶夫采娃（1895—1990）的缩写。

请你和我说一会儿废话……

请你和我说一会儿废话,
请你和我谈一谈永恒,
让鲜花躺在你的手心,
像春天刚刚分娩的婴儿。

你是如此漠然,又是如此忧伤。
你就像音乐一般可以宽恕一切。
你是如此漠然,就像春天一般,
就像春天一般,你不可能不忧伤。

冬天按照自己的序列行走……

冬天按照自己的序列行走,
又是雪花。还有一小笔欠款。
在这个令人厌恶的世界,
咀嚼昨天的小馅饼多令人厌恶。

在这个过于狭窄的世界,
它充满了损耗与丧失,
把自己看作某个俄罗斯人,
读一点诗歌,数点乌鸦。

为五月而兴奋,懒洋洋,
冬天在此时逐渐融化……
哦,上帝,我不明白,
我们大家怎么可能没发疯。

就寝起床,修面刮胡子,
我们散步,或者吃喝,
为过去或未来而叹息,
但我们依然不出卖灵魂。

这颗饱经沧桑的灵魂——

它价值十个戈比,一个戈比,半个戈比。

有点昂贵?——仅值四分之一戈比。

免费拿走吧!——你不想拿?

烦闷啊,烦闷到昏昏沉沉……

烦闷啊,烦闷到昏昏沉沉!
但愿能吃到麝香草莓的果酱,
然后,被胃灼热给吞噬。

尽管上帝在天堂有很多位置,
只是所有位置已被预订了。

但愿有人对我敲响圆鼓,
让我骑着金绵羊奔跑,
在窗口向着印度打一下呵欠。
但愿我能成为一条美人鱼,
游走汪洋大海,沉到世界之底!

因为无法实现的愿望而烦闷……

……永恒的梦:刻有文字的栅栏。
充满了好奇心——我们瞅一眼。
瞅瞅。但那里是荒草、劈柴,
还是那种无形的烦闷在缭绕。

雾。我面前有条道路……

雾。我面前有条道路,
我习惯沿着它缓步行走。
我对未来期盼很少,
准确点说——一无所求。
我不相信上帝的仁慈,
不相信地狱的烤刑。

囚犯们就这样被押解,
拖着步子,从监狱到监狱……
……狮子伸出了它的利爪,
我却友好地握住这利爪。

——老伙伴,过得怎么样?
您睡觉还没有床单?
有什么比荒漠的空气更透明?
大地上有什么比雪花更洁白?

您逃出了动物园?
您是野兽之王。我是绵羊,

置身王子悲惨的处境,
失去了国王的宫殿。

没有报酬。没有王冠。
跟一帮歹人以"你"相称。
乌鸦对我加以嘲笑。
夜猫也会把我抓挠。

且让它们嘲笑、抓挠,
我对此早已习惯。
请从小碟中为我抓取幸福——
我将它扔出窗口。

诗歌与星星留下来,
至于其他的——无所谓!……

由于波斯地毯抽象的复杂性……

由于波斯地毯抽象的复杂性,
孔雀尾巴忙碌的华丽
在天空盛开,黄昏逐渐黯淡,
哦,彻底无意义但并非毫无缘由。

在桥梁的花边之上,在透明而诡异的
魏尔伦月光之下,有一棵蓝色的苹果树——
呈现数百万年的大地之美,
永远的无意义——它再度与我一起。

通常,这是名副其实的,我还活着。
音乐碰巧响起:我将它们记录。
仿佛蓝色蜘蛛网(尾巴或桥梁),
孔雀的线条。但并非毫无缘由。

我不想变得更好……

1

我不想变得更好,也不愿更坏。
我的脚下就是人间的尘埃,
只是在永恒的音乐和我之间,
还有一段漫长的距离。

我期盼,这段距离会消失,
我期盼,所有的词语会消失,
而灵魂将坠入灾难的余晖
和庄严仪式那熠熠的闪光。

2

怎么啦,莫非诗人诞生得太早……
但你可以作为一名诗人死去!
充分享受自己的耻辱,
在自己的毫无意义中燃尽!

摧毁，然后重新开始，
像一架自动机器扼杀一切，
由此证明，另一种生活
如同这尘世，同样令人绝望，
同样让你觉得遥不可及。

向右一步……

向右一步。向左两步。
仍然是墙壁。
透过窝棚的窗户望出去,
一轮洁白的月亮。

向左一步。向右两步。
麦秸之上——血迹斑斑……
高傲,荣誉,青春,爱情,
它们都去了哪里?……

被玷污的墙壁砌成
空荡的窝棚。
请微笑吧,我的公主,
永恒——这就是她!

前面,刽子手和断头台,
整个永恒,已经逼近!
请微笑吧。只要挥动手臂,
斧子就会落下。

金丝雀在未上漆的笼子里……

金丝雀在未上漆的笼子里,
母亲的肖像在墙壁上。
犹如在春天,赤裸的树枝
在低矮的窗口不住地摇晃。

流冰撞击的声响隐约可闻……
……我,摆脱了可笑的伤悲。
有人说过,那样的自由
它的价值真是不菲。

月亮像一只泛着酒沫的高脚杯……

月亮像一只泛着酒沫的高脚杯,
穿行在浮动的云彩中间,
忧伤磨人,既不凶恶,也不粗鲁,
但不能击碎轻细的桎梏。

我尝试了一下——忘掉烦恼,
用窗帘挡住了月亮,
但我知道——假如我开始阅读——
我却不可能翻动书页。

我记得一切:百叶窗上的路灯光,
还有——嘴巴,眼睛,肩膀的耸动
(一堆各种颜色的信件,
提醒人注意——别烧掉!)

如今您在何方?克里米亚还是尼斯?!
您已经远离了冬天的雪暴,
而我呢……每个夜晚,我都梦见
深夜的彼得堡,寒冷的彼得堡。

湖

湖畔,一切都明媚而亮丽,
那里既没有秘密,也没童话和谜语。
透明的空气——快乐而甜蜜,
宛如不起涟漪的水玻璃。

肃穆的秩序在万物中渗透,
思想流淌在平静的河床,
白昼,鲁莽的船桨不会惊扰
水面上彩虹战栗的光亮。

但等到雄鸡在早晨歌唱的时候,
风儿推动着黎明的芬芳,
我——燃烧着怀疑的呈现。

大脑相信,彗星临近,
一切臣服于黑色的皇帝,
而湖——光亮的勒忒河①。

---

① 勒忒河,希腊神话中冥府的河流,相传亡灵喝了这河水后便忘却尘世一切的苦难。

寒冷与太阳……

寒冷与太阳①,又一次,又一次。
你赶快醒来吧,睡得足够了。
你在不安的睡梦中看见了秋天。
醒来吧!逝去一天中的一切。

当首都的钟声开始沉寂的时候,
灰色的城市在迷雾中入睡,
奇迹已经实现。你瞧,你瞧——
雪堆在霞光中闪烁清辉。

我们所有人都很忧伤,大家
在为洁白、神圣的冰雪之美而苦恼。
有时,呼吸是如此困难,
快乐的鸟群却突然闪现。

唉,你不曾看见,你在睡觉,
当星星在冬日的天空点燃,

---

① 普希金的名诗《冬天的早晨》开篇就是"寒冷与太阳,神奇的一天"。

白色的天使振动双翼,
给整个大地温柔地镀上银光。

寒冷的旷野,第一场雪,
意外的快乐渗入心田,
赶快醒来吧,睡得足够了:
冬天与太阳又一次来临。

旋　律

月亮又一次、又一次升起，
仿佛玫瑰——在约定的时辰，
来自东方的夜莺又一次
为我们而吟唱爱情。

任凭人们说快乐——梦呓，
我听不见危险的恫吓。
你想一下：玫瑰散发芬芳
已有多少个一千年！

但琥珀色的白昼消逝，
在天空的边缘，
我再度看到萨福的影子，
她正亲吻着法翁[①]……

银色的天堂为我
再度打开大门，

[①] 法翁，古希腊女诗人萨福的恋人，相传女诗人最后为他而跳崖自尽。

在月光下甜蜜地憧憬,
相爱并死去……

我们呼吸着雪花与初寒的气息……

我们呼吸着雪花与初寒的气息,
秋天树叶金色的波浪在摇晃,
而天空虚旷,西方一片倦怠的玫瑰红,
仿佛被多兰牌口红涂染的嘴唇。

充满欲望的嘴唇被夕阳染上玫瑰红,
浓密的长发散发着干草的气息,
从人们曾经相爱的绿色大地
我们再度回到这里——不可分的影子。

美好而荒僻的金色树林在喧响,
厄瑞玻斯①的月亮倒映在静止的水面,
在灵魂深处,悲伤地回忆被俘虏的快乐,
回忆大地之吻的滋味,蜂蜜与面包的滋味。

---

① 厄瑞玻斯,古希腊神话中的黑暗之神,喻指永远的黑暗。

我们用巨大的石头建造了城市……

我们用巨大的石头建造了城市,
我们喜欢清晰的思想和准确的数字,
灵魂会感到不适和奇怪,一旦
风儿拽拉一支无意义的悲歌。

或者大海在喧嚣。既没希望,也没激情,
我们珍视的一切,在其中找不到答案。
倘若你是一个人——就要反对这个控制力,
让这个合唱服从于诗人的灵感。

是时候明白了,诗人不是俄耳甫斯,
在空旷的岸边为影子而悲叹,
而是穿着燕尾服、举着皮鞭的野兽驯养员
在艺术之光灌注下的演技场上。

我们生活在圆形的或扁平的……

我们生活在圆形的或扁平的
小小星球上。我们吃,我们喝。
有时,我们叼上一支香烟,
随意地眺望一下天空。

我们眺望,突然,心
感到某种莫名的寒意。
从蓝色的空间,袭来
一阵寒意,一阵幸福感。

你希望有所回忆——没有力量,
你探身向前——但伸不出手去……
唯有一头扎进蓝色的夜之波涛,
就像大个的海鸥,浮云。

玫 瑰

我在这个世界
开放和凋落,
我很快将变成
一道黄昏的光线。

我嗅到来自
大地与水的敬意,
清凉的夏天,
香甜的蜂蜜。

而你,过路人,
被称作诗人,
你也同样会变成
一道黄昏的光线。

在安静的花园上空,
在南风的吹拂下,
我们并肩在一起,
却各自忘掉了对方。

对 话

忧愁啊！您为何忧愁，
我可怜的心？
难道是因为今天
没有了太阳，下着小雨？

害怕？您为何害怕，
我可怜的灵魂？
难道是因为秋天
来临，树叶簌簌作响？

——不，天气只是天气，
但是，或许，在银行家的
晚礼服中搏动，会比
烦闷在你胸中更为快乐。

——不，但明天跟今天一样，
今天呢，跟昨天一样，
不如让我在歌剧中
扮演一下女舞者的灵魂。

——治愈我们的忧伤
并不困难,并不复杂,
同样不困难的是
在黑咖啡中掺入毒砷。

——为了这个可行的计划,
我衷心地感谢您。
整整二十八个年头,
我的忧伤并不比您的更少。

那样的夜晚令我忧伤……

那样的夜晚令我忧伤,
既不明媚,也不幽暗,
星星洒下歪斜的光亮
全神贯注地俯视着窗户。

上百万支合唱队望着
世界,望着我,望着床榻。
掩上窗帘不过是徒然,
不值得去闭上眼睛。

它们望着心脏本身,
心中有倦怠、恐惧与忧愁,
不幸的心脏在跳动,
仿佛苍蝇落进了蜘蛛网。

何时我能成为一名诗人,
可以去蔑视一切,
就可以在这寒意中
去戏耍这无感的光亮?

仿佛命中注定的、迷失的灵魂……

仿佛命中注定的、迷失的灵魂
提醒在冰凉的黑暗中的世界,
我们思念神奇的彼得堡,
每天都更加幸福,每时都更加落寞。

或许,其他城市也同样美丽……
但与我们无关!啊,我们永远铭记,
我们曾经多么幸福,又曾经多么不幸,
在涅瓦河畔那个雾蒙蒙的城市。

我们不过是陌生宴席上的客人……

我们不过是陌生宴席上的客人,
我们常说:往事不可回返。
我们叹息,我们微笑,我们撒谎,
"远眺着紫红色夕阳的光线"。

往事……还是那样的寂寞与酒
在同样陈腐的红色霞光下。
其中埋藏着怎样的幸福?
为何面对一颗颗心灵,
它要呈现得如此庄重、悲伤和美妙?

我们还在谈论荣誉……

我们还在谈论荣誉,谈论艺术,
  时而等待夏天,时而等待冬天,
我们还做好了准备,去相信
  不可思议的预感之心跳。

就这样了结与生命的恩怨情仇,
  丧失一切的游戏,
扔掉最后一个金球,佯装
  它拥有一座钱山。

倘若要幻想一切……

倘若要幻想一切，希冀一切，
  只需做一件事，
就是闭上眼睛，任凭风儿吹拂，
  把一切都忘掉。

不要对任何人说怎么称呼它，
  雷雨还在肆虐，
时日还在闪烁——但疲倦的眼睛
  它们自己会合拢。

人们将忘掉绝望与温柔……

人们将忘掉绝望与温柔,
人们也将忘掉幸福与背叛——
漠不关心的忽略将遮蔽一切,
会有其他人前来替代我们。

茉莉花盛开。被遗忘的坟墓……
干枯的花圈在风中挣扎,
照亮天空:一切已成过去,
而这些再也不会复现。

夜在闪烁……

夜在闪烁,船帆蓝幽幽的,
大海在泼溅,发出簌簌的怨语,
仿佛在情人的手掌中,忧伤
而热恋的灵魂愈来愈虚弱。

哦,它十分清楚这祈祷、
自己的幸福之价值。
不论怎样,它总是
会原谅每一次的背叛。

为了这蓝色星光的绸缎,
为了这激情与悲伤的哀怨——
诗人与恋人都一再原谅
这无数世纪都有过的谎言。

我不想成为蜡制的玩偶……

我不想成为蜡制的玩偶,
发霉的东西,蛆虫与腐物,
我不想成为从石缝与黑暗中
探出来的坟头的一株青草。
丁香在墓地上空开放,
霞光在墓地上空凝固,
但我不为所动,即便人们说:
"这是格奥尔基·伊万诺夫的坟墓……"
而倘若你——哦不,我不想——
你来到这里,你带给我一束玫瑰,
你前来痛哭——我也不能
从风雨中辨别出词语和眼泪。

大地的花朵在老旧的坟墓上开放……

大地的花朵在老旧的坟墓上开放,
歪斜的十字架在贫瘠的坟墓上站立,
这里已没有任何人为之落下泪水,
吉赛尔也没有力量举起镇墓的大石头。

亲爱的,亲爱的,哦,这是遥远的事了,
餐馆霓虹闪烁,葡萄酒加冰泛起绿光,
波浪整夜在喧嚣,快乐的狐步舞
通宵达旦地抚慰一颗热恋的心。

世界将消失……

世界将消失。黄昏在闪烁。
船帆。森林在喧哗。
人类的话语,
天使的嗓音。

人类的痛苦,
天使的庆典……
唯有星星。唯有海洋。
唯有。再没有什么。

蜡烛闪烁,不计其数。
迷雾更甜蜜。钟声。
星星的永恒仿佛黑色的丝绒
披散在肩膀上。

安静……这是生命在离开,
它热爱过一切,戕害过一切。
你听见了吗?这是黑夜正在把你
带进星星的永恒。

她在飞翔……

她在飞翔,陌生的春天,
她在歌唱,春天。
她疾驰,剥露
幻梦幽僻的根须。

你,大胆的逝者,
原谅或者不原谅她——
被太阳的墩布所缠绕,
你飞向排水沟。

怎么原谅呢?她是陌生的,
她,冬天的女儿,
飞翔,歌唱,毁灭
我们曾经爱过的一切。

你看见桥梁了吗……

你看见桥梁了吗?在桥梁后面
有一条小路通往茂密的森林。
倘若你愿意——沿着这小路
走上数千个日日夜夜,
你就可以吃上黑果越橘与苔藓,
你的脚踝就会鲜血淋漓——
但因此你的最后一生叹息
也就飞抵你的爱情。

你看见房屋了吗?这栋房屋,
人们已倦于在里面等待安息,
蓝色冰块造就的安静之屋,
紫罗兰永远在屋中盛开。
……你从阳台向南方眺望,
你看见桥梁与远方的森林,
我的朋友,你甚至不会记得,
你的世界已经永远消失。

集邮的人……

集邮的人,唯美主义者,
来自伟大河流的渔夫,
阅读晚报的冠军们,
足球运动员,经纪人;

所有想进入影院与剧场的人,
所有坐地铁和出租车的人;
你想要标本,克丽奥佩拉的鼻子?
你想成为墨索里尼?——祈求吧!

人们发出祈求,也有所得,
只是不知怎么,与命运搏斗,
我和你不想使什么花招,
也不想高声说话压倒什么。

你伸出一只手……

你伸出一只手——
嗯,就是这只手,
为了相会,为了离别,
为了瞬间,为了永恒。

没有人怜惜我们,
自我怜惜也很可笑。
星星将消逝,白昼敞亮,
透过关闭的窗子。

让它更敞开一些吧,
或者将窗帘放下:
为了在这世间的相会,
或者为了告别永恒。

我从来都不知道爱情……

我从来都不知道爱情,不知道同情。
请你解释一下,什么是赞不绝口的幸福?
诗人们无数世纪在谈论着它们。
我逐渐在衰老,尽管这处境很糟糕:
你如何向一个盲者介绍花朵的颜色,
它包含了深红、玫瑰红,还有碧绿色?

幸福——一条荒僻、子夜的河流,
只要尚未沉没,我们就在其中泅渡,
星星之火的骗人的光亮,萤火虫之光……
或者是这样:
　　世间每物都有一个同义语,
任何一座城堡都有一把专门的钥匙——
一个冰凉、令人着魔的单词:忧郁。

历史,时间,空间……

历史,时间,空间。
人类的词语与事务。
半个世纪的战争。基督教
两千年的迷雾。

是时候安静下来了……
但每个人都在想:停住,
而或许,我也会做一个
不朽之金色的美梦。

我与任何人都非敌也非友……

我与任何人都非敌也非友,
我不喜欢正在盛开的玫瑰。
我既不喜快乐,也不喜痛苦,
我既不喜微笑,也不喜泪水。

我喜欢的仅是盛开过的花朵,
已经枯萎的,往事在生长,
而今它在那里受尽折磨,
因为它那些欺瞒的幻想。

尘世一切非常复杂……

尘世一切非常复杂，
最复杂的是我们，
无法抵达，不可能，
除了音乐与黑暗，
幻梦，流亡与讨饭袋。

尘世一切非常简单，
我们也十分简单——
仿佛坟墓上的十字架，
仿佛驴子的尾巴，
在喧嚣的俗世中
数到一百，不会出错。

那时，如你所愿，
一切是你的，这个那个！
可是不，你数不到啊，
没有人能够数得到——
九十九，一百。

透明的亏缺的月亮……

透明的亏缺的月亮
闪烁着离别的不可避免性。
音乐的波浪向着天空飞,
播撒着忧伤而响亮的声音。

"别了……"小提琴从手中脱落。
别了,我的朋友!……音乐戛然而止。
生命在瞬间里撕裂一个圆环,
重新开始,永远闭合。

音乐重新响起,飞翔。
但是不!已不是从前那样——没有了我。

亚历山大·谢尔盖耶维奇……

亚历山大·谢尔盖耶维奇①,我想念你了,
我想和你一起坐一坐,与你一起喝上一杯茶。
你侃侃而谈,我呢,竖起耳朵倾听,
我全神贯注倾听,全神贯注。

我觉得你非常亲切,我非常珍惜你。
亚历山大·谢尔盖耶维奇,要知道,你
也不得不啜饮痛苦,遭受厄运和诋毁,
并且你也不得不艰难地死去。

---

① 指普希金,亚历山大是他的名字,谢尔盖耶维奇是他的父称。

往后我再也不需要……

往后我再也不需要
去刷牙,去刮胡子。
"在弥留之际,
总需要说点什么。"

大门向永恒敞开,
"时辰已到,朋友,时辰……"
而今天光已经敞亮,
为生活而高呼乌拉!

一种老年人的智慧,
让灵魂去顺从这世界……
……在弥留之际,
什么也不需要对我说。

夜，灼热如同撒哈拉沙漠……

夜，灼热如同撒哈拉沙漠，如同地狱，
雾蒙蒙的黎明。蜡烛炽热地燃烧。
我在便笺本上勾勒了一件风衣，
外面圈上一个黑色的花圈，
小爪子与小尾巴的纤细线条……

"我的死与任何人都不相干。"

邻家窗户上雾蒙蒙的斑点……

邻家窗户上雾蒙蒙的斑点,
玫瑰在狂风下叹息并弯下身子。
但愿能相信,生活是一场梦,
那么,死后就不能不醒来。

就可以进入天堂——天堂一片纯蓝——
等待是如此清凉,幸福无忧,
永远都不会与你分离!
永远与你在一起。你是否明白?永远……

大海挟带着我……

大海挟带着我,
时而到彼得堡,时而到巴黎。
耳畔是铜钹,眼底是迷雾,
透过它们,我听到并看到——

夜莺啼啭的夜晚闪着幽光,
星星犹如雪花在消融,
而灵魂呢——无法给它们帮助——
呻吟着飞向远方,
呻吟着飞向永恒。

为何夜莺如此痴情地啼啭……

为何夜莺如此痴情地啼啭,
啼啭了整个南方之夜,直到天明?
为何你高贵的香肩……
为何?……但不会有答案。

关于死亡、爱情与痛苦,
这永恒的问题,不会有答案,
但在一堆玫瑰之上,替代答案的是,
记忆在闪烁,声音与眼泪的倾盆大雨
　　冲洗过的记忆,
记起我根本不曾珍惜的东西,
在我烦恼于尘世的时候。毕竟我活过。

所有玫瑰已凋落……

所有玫瑰已凋落。棕榈树也结冰。

我悄悄行走在死寂的花园里，

听到天空上正发布莫尔斯密码，

那是星星呼唤着星星，

在对我——而不是它——预报着灾难。

一切成过去……

一切成过去：监狱和讨饭袋。
满怀一腔的智慧，
满怀惊人的天才。
背负流亡者可咒的命运，
我逐渐死去……

夜莺在夹竹桃的树枝间啼啭……

夜莺在夹竹桃的树枝间啼啭。
篱笆门满腹怨言,砰的一声关上。
月亮翻滚到乌云背后。而我
正在结束沿着痛苦行走的旅程。

沿着痛苦行走,我在梦中见到——
我怀着对你的爱情和罪孽在流亡。
但是,我不会忘记,我曾得到复活的
许诺。返回俄罗斯——携带着诗歌。

我把绝望变成了一场游戏……

我把绝望变成了一场游戏,
其实,为什么要叹息和哭泣?
哦,别觉得滑稽与可笑,
说什么我活不过下一个星期?

我当然会死——哪怕再活上
十年,甚至二十年。

没有人会可怜,也没有能力可怜。
时间就这样悄悄地溜走。

永恒幸福之春天的欢呼雀跃……

永恒幸福之春天的欢呼雀跃,
夜莺令人陶醉的美妙啼啭,
以及内陆月亮那魔幻的光亮,
早已让我头晕目眩地厌烦。

甚至更为严重,我还根本不在此地,
不是在南方,而是在北方的皇城。
我留在那里生活。我真实而完整。
我只是在梦中过着流亡的生活——
哦,柏林,哦,巴黎,哦,可厌的尼斯。

……冬日。彼得堡。与古米廖夫一起,
沿着结冰的涅瓦河,仿佛走在忘川的岸边,
我们安静而随意地漫步,非常古典,
如同曾经那样,诗人们步行总是结伴。

梦中我寻思各种事物……

梦中我寻思各种事物,
但考虑最多的还是丑陋。
倘若你们已无话可说,
最好还是闭嘴沉默,
徒然在那里饶舌的诗人们,
你们应该记取这一点。